AF391271

IL ÉTAIT UNE FOIS APRÈS L'EFFONDREMENT

Design de la couverture et mise en page :
MFD - www.mickaelfeuillet-designer.fr

ISBN : 978-2-9568758-4-0
Imprimé par Amazon
Prix France : 12,99 €
Dépôt légal : Septembre 2020

Mickaël Feuillet – Créateur d'histoires
6 clos du manoir – 59236 Frelinghien

Photos d'illustration de la couverture extraite de la bibliotèque
unsplash.com sous licence *Creative Common*

MICKAËL FEUILLET

IL ÉTAIT UNE FOIS APRÈS L'EFFONDREMENT

TOME 1

Le loup, la tigresse et le boiteux

CRÉATEUR —
D'HISTOIRES

Pour ceux et celles
qui songent à l'avenir

ALEX
RENTRE CHEZ TOI !

Je remontai jusqu'à mon appartement. L'escalier puait la pisse, une odeur de sueur transpirait des murs défraîchis. Je constatai comme chaque fois les traces de sang séché incrustées dans les affiches déchirées qui tapissaient la cage ; la plupart témoignaient d'un monde où informer des horaires de sortie des poubelles, de l'arrivée d'un nouveau *foodtruck* ou d'un futur concert de quartier avait encore un sens. Les dernières superposées à ces traces d'un passé révolu alertaient tantôt d'une manifestation à venir, tantôt d'un message officiel invitant la population à rester chez elle. L'hémoglobine brunâtre quant à elle, me rappelait que depuis plusieurs années une lame dans la poche comptait plus que n'importe quelle espèce de billet. De toute façon, nous n'étions plus nombreux à remarquer ces informations désuètes. La vieille du cinquième ne sortait plus — elle était probablement en train de croupir dans un canapé moisi ; les autres s'étaient tirés depuis un bail ; sans doute espéraient-ils trouver mieux ailleurs — on peut rêver. Qu'existait-il d'autre à part la même chose ? Moi, je n'avais jamais quitté les lieux. Pour quelles raisons ? Je n'en sais rien. Le quartier peut-être. Depuis des années, les gens n'y percevaient que les vols et les agressions, moi, depuis aussi longtemps que je m'en souvienne, j'y voyais les gens.

Je rentrai enfin. J'aurais apprécié un peu de silence, mais la rue était agitée. Loin d'être bondée bien sûr, mais agitée. Un groupe de jeunes s'amusait à détruire ce qui restait de l'ancienne boulangerie d'en face. En définitive, je devrais plutôt dire : ce qui restait des restes de l'ancienne boulangerie d'en face, car aucune boulangerie (ni aucun commerce d'ailleurs) n'était en activité depuis des années.

Je déposai mon bazar à l'entrée ; un tas de babioles récupérées en fouillant les alentours. Ça m'étonnait toujours, pourtant malgré les années, je dénichais encore des trucs à refourguer. Heureusement, sinon je ne sais pas comment je me serais rempli l'estomac. Mon « chez moi » n'était pas ce que l'on pouvait qualifier de coquet. Il se résumait à une pièce où je dormais, mangeais et cuisinais ; évidemment, je ne m'y lavais pas – difficile de se rincer sans eau. Quant à mes petites affaires, je me débrouillais pour les évacuer dans un sac, un vieux journal ou n'importe quel autre « ramasse-merde jetable » que je balançais dans la décharge improvisée à quelques pâtés de maisons. Quand le temps était mauvais, je pissais à la fenêtre, autrement, je prenais la peine de descendre.

Ce jour n'était pas comme les autres, j'avais mis la main sur une bouteille. Un bordeaux intact. Pas un breuvage exceptionnel, cela étant, en l'ouvrant, je l'estimai buvable. Je conservais un verre à pied que j'utilisais pour les occasions particulières – trouver du rouge en faisait partie. Je l'essuyai à la va-vite et versai la noble gnole à l'intérieur. J'observai sa teinte à la lueur du soleil couchant, elle avait des reflets rubis. Je respirai son parfum comme s'il s'agissait d'un grand cru classé et trempai mes lèvres dans le nectar cramoisi. Je songeai qu'il avait du corps et de la chair. En réalité, je n'y connaissais rien ; en tout cas, il me semblait bon.

Je venais de siphonner les trois-quarts de la bouteille, quand j'entendis un cri. En général, je mettais ça de côté. Une certaine heure passée, ça braillait, toussait, crachait et chantait à tout va. Malgré cela, j'ignore pourquoi – peut-être parce que j'étais bourré –, je me levai pour jeter un œil. J'entrouvris les rideaux – si l'on pouvait les appeler encore comme ça. Ces derniers ressemblaient davantage à de vieux draps élimés qu'à une étoffe délicate et soyeuse patinée avec soin. C'est à cet instant que je l'aperçus. Cette personne qui bouleverserait bientôt mon existence.

Elle était mal en point. Deux gars l'avaient coincée contre le mur d'en face et s'apprêtaient à se défouler sur elle ; malheureusement, dans tous les sens du terme. J'écartai la toile décolorée pour mieux observer la scène. Je savais que si je n'intervenais pas, j'avais toutes les chances de la retrouver là le lendemain matin ; morte ou à moitié morte ; un détail quand personne ne peut soigner vos blessures.

La rue était sombre. Le soleil avait terminé son service depuis plusieurs heures et malgré une quasi pleine lune, je distinguais à peine les trois individus. Si je ne m'étais pas manifesté, ils ne m'auraient sans doute jamais repéré. Aucun éclairage ne trahissait ma présence et de toute manière, rien ne semblait les intéresser à part elle. D'habitude, je ne me serais pas mêlé de ce genre d'histoire. Vous pensez sauver quelqu'un et vous y abandonnez un œil ou la vie. Toutefois, cette saleté de vinasse me fila un courage que je n'aurais probablement pas eu en d'autres occasions. Porté par l'alcool et l'instant, j'ouvris la fenêtre et criai maladroitement : « Laissez-la tranquille ! » Je n'étais pas très inspiré, ma tirade grotesque n'inspira pas grand-chose non plus. L'un des deux gaillards se retourna et leva la tête pour me répondre : « Rentre chez toi le vieux ou t'es le prochain sur la liste ! » Le vieux ? Je mis ça sous le compte de l'obscurité. Ce petit con me traitait de vieux, je venais d'avoir quarante ans. Inspiration et excitation faisant bon ménage, je ripostai : « Lâche-la ! Ou c'est toi le prochain, sur "ma" liste ! » J'insistai sur le « ma » comme un gamin dans une cour de récréation. Ils éclatèrent de rire. J'étais pourtant sérieux. Le plus grand attrapa la fille par les cheveux. Je dis « fille », mais je ne la distinguais pas suffisamment pour évaluer son âge. Ma verve ayant entraîné peu d'effets, je décidai de l'agrémenter d'arguments plus *percutants*.

Je disparus un instant. Trop long. À mon retour, je retrouvai la dame à moitié dénudée, les vêtements déchirés. Je n'étais plus à la fenêtre, mais à la porte de l'immeuble. En bas cette fois. Je me raclai la gorge pour signifier ma présence. La victime se débattait en vociférant ; elle ne pleurait pas. Les insultes fusaient comme les balles d'une *kalach*. Celui qui s'occupait d'elle ne me remarqua pas immédiatement, en revanche l'autre m'observa. Il tenait un couteau ou un rasoir, difficile à dire à ce moment-là. J'étais dans l'ombre, encore moins visible que lui. Je n'attendis pas qu'il arrive. Je basculai le bras en avant et attrapai mon fusil avec l'autre main pour pointer le canon vers lui, et lui collai une *bastos* dans le bide ; direct. Je sais, c'est con. J'aurais sans doute pu leur demander de déguerpir, un flingue sous le nez, ça fait réfléchir. Mais non, j'ai tiré. Peut-être à cause de l'alcool ou du ras-le-bol général, peut-être parce que je n'en avais plus rien à battre… Je ne sais pas. Le quidam percuta le bitume en silence. L'autre me regarda enfin ; elle aussi. Nous comprîmes tous ce qui arriverait ensuite.

La terreur se lit au travers des regards. Les pupilles sont dilatées, figées comme le reste du corps ; la crainte de mourir, je présume… Une réaction étrange finalement, c'est rarement en restant immobile qu'on échappe au pire. Je suppose que l'arme que je possédais terrorisa davantage le freluquet que mon charisme. Il me fixa comme un lapin aveuglé par les phares d'une voiture. Son pote était au sol ; le sang se vidait lentement du cadavre encore chaud. Moi, je n'avais pas peur. On redoute moins la mort lorsqu'on serre un fusil à pompe entre ses mains. De toute façon, on la craint moins si la vie ressemble à une boucle sans fin, une répétition interminable sans autre objectif que le passage au jour suivant.

Je visais la tête sans réfléchir. On imagine que dans ces cas-là, tout se déroule au ralenti. Non. Tout va très vite, en fait. La balle quitte le canon et explose la chair. C'est tout.

Je me retrouvai avec deux macchabées sur les bras, ce qui me sembla sur le moment avoir peu d'importance. D'abord, parce que ça n'était pas la première fois que je zigouillais quelqu'un de sang-froid ; ensuite, dans la mesure où des types prêts à profiter de la faiblesse des autres pour violer et tuer, n'avaient selon moi, pas leur place sur cette terre ; pour finir, car je ne risquais pas de voir débarquer les flics, pour la simple et bonne raison que les forces de police n'existaient plus – les officielles, je veux dire. Évidemment, la garde de Teddy patrouillait, toutefois ses passages étaient rares dans ce secteur peu prisé, excepté par les individus comme moi à la recherche d'un minimum de liberté.

Je m'approchai de l'inconnue. Elle m'observa d'un air étrange. Pas vraiment du genre : « merci de m'avoir aidée » ou : « sans vous, je serais morte ». Elle ne semblait pas non plus choquée, mais, entre nous, qui l'est encore aujourd'hui ? Elle s'avança vers moi, les seins bringuebalants ; sans pudeur ni timidité. « Arrête de mater connard ou je t'en colle une ! » Voilà uniquement à quoi j'eus droit. Je savais que ce monde ne tournait plus rond depuis longtemps, mais quand même, j'avais des valeurs, mes parents m'avaient appris à dire merci !

Elle se pencha sur le premier cadavre, attrapa son couteau, puis l'inspecta minutieusement. J'ignorais ce qu'elle cherchait, l'argent n'avait plus aucun intérêt, pas plus que les papiers d'identité. Elle se dirigea ensuite vers l'autre et répéta l'opération. Elle dégageait quelque chose de bestial, d'animal. Elle me fascina immédiatement.

Elle retira un truc de la poche du macchabée. Un morceau de papier jauni et chiffonné, plié en quatre. Elle l'ouvrit, s'attarda un instant dessus et sourit avant de le ranger dans sa culotte. J'imagine qu'elle en portait une sinon le machin serait tombé. Enfin… c'est ce que je me demandai à ce moment-là… Évidemment, je m'interrogeai aussi sur le contenu, mais ça, vous vous en doutez.

Elle était déjà en train de se barrer. Moi, je me retrouvais là, comme un con, avec un fusil à la main et deux cadavres. Je les voyais clairement désormais, le premier que j'avais abattu était à peine un homme. Je venais de tuer un garçon et un autre type un peu plus âgé que lui. Mon estomac se noua. L'amertume envahit mon palais et je faillis ajouter du rouge à ce tableau macabre suffisamment empourpré. Je ne m'apitoyais pas pour autant, si je n'étais pas intervenu, la dépouille d'une innocente aurait habité cet espace à leur place.

Je repris mes esprits et me retournai. L'inconnue était déjà loin. Je criai après elle, sans succès. « Dégage ! » fut à peu près tout ce que j'obtins. Son caractère cinglant attisa encore davantage ma curiosité. J'imagine que ça n'était pas le but ; j'aurais dû le comprendre, d'ailleurs « Dégage ! » ça voulait bien dire ce que ça voulait dire. Eh bien non, je ne l'ai pas lâchée, je lui ai couru après. « Mettez ça au moins », lui dis-je en lui tendant mon imper. On est gentleman ou on ne l'est pas. Elle l'attrapa et l'enfila, puis m'adressa la parole gentiment : « T'es bouché ? Je t'ai dit de dégager !

— C'est quoi le papier ? » lui demandais-je en essayant de suivre son rythme.

J'avais à peine posé ma question que je me retrouvai avec une lame sous la gorge. Je crois que c'était de l'intimidation. Je suppose qu'elle n'aurait quand même pas buté un mec qui venait de la tirer d'affaire. Quoi qu'il en soit, notre petite entrevue fut vite interrompue. Je jetai un œil en arrière et aperçus qu'un groupe passait déjà en revue nos amis abandonnés quelques mètres plus loin. Il ne fallut pas longtemps pour que l'un d'eux nous interpelle. Je ne sais pas s'il distinguait le fusil à cette distance, dans tous les cas, un couple flânant au clair de lune à cette époque et à cet endroit, c'était plutôt rare. Ma nouvelle copine écarta le couteau de ma peau fragile et s'échappa vers une ruelle perpendiculaire. Je constatai l'attroupement formé ; quatre ou cinq personnes. J'ignorais si elles étaient armées et je ne préférais pas l'apprendre. Le magasin de mon arme contenait encore six cartouches et j'en possédais d'autres dans mon imper… Ah, oui, mon imper… Je ne m'attardai pas sur la question. Surtout quand un premier gars s'approcha ; puis un deuxième. Bref, je vous la fais courte. Je décampai rapidement et suivis la trajectoire empruntée par celle qui se promenait avec le reste de mes munitions. Elle filait à toute allure sans se retourner. Un vrai chat sauvage. Je lui emboîtai le pas difficilement. On aurait pu croire qu'elle tentait de m'échapper, pourtant non, elle fuyait bien ceux qui étaient derrière moi. Apparemment, je ne l'avais pas effrayée. Plutôt étonnant, d'ailleurs. Je venais quand même de dégommer de sang-froid deux types que je ne connaissais ni d'Ève ni d'Adam. Du fait, je commençai à imaginer ce qu'étaient capables de faire ceux qui nous collaient aux talons.

J'accélérai. Elle tourna dans un chemin encore plus étroit. Je l'imitai et compris tout de suite que la voie était sans issue. « Et merde ! », cria-t-elle de rage. Nous savions qu'il était trop tard pour faire demi-tour et que les chamailleries n'étaient plus de circonstance. Je saisis mon fusil et brisai une fenêtre avec la crosse. Le bruit fracassant résonna à des dizaines de mètres à la ronde. Cette fois, je passai le premier, m'écorchant le bras et la jambe au passage. Elle me suivit sans se blesser. L'endroit était plongé dans une obscurité presque totale. J'avançai à tâtons, jusqu'à ce qu'elle m'emmène dans un coin complètement opaque. Nous y pénétrâmes tous les deux pour nous cacher. Je percevais sa respiration, qui s'apaisa et s'éteignit dès l'arrivée de nos poursuivants dans la pièce par laquelle nous étions entrés.

J'ignorais leur nombre exact, mais provoquer un affrontement risquait de nous mener droit au carnage. J'écoutais les étrangers fouiller autour de nous. Étrangement, ils exprimaient une certaine lassitude. Je crois qu'ils ne désiraient que très moyennement nous retrouver. Deux de leurs compères gisaient non loin d'ici. L'un avait égaré la moitié de son visage, l'autre, une part de ses entrailles ; rien de très enviable. Un homme haussa le ton : « Ils ont dû s'enfuir, laissons tomber. De toute façon, on ne voit que dalle.

— Si on rentre bredouille, ça sera pour notre pomme.

— Ça ne sera pas pire que de finir comme Jo et Nathan. Ce type doit avoir un *gun* plus long que mon bras.

— On n'y peut quoi dans cette histoire ? Et qu'est-ce qu'elle foutait là d'abord ?

— J'en sais rien. Elle a certainement cherché un nouveau moyen de se faire la malle.

— Ashâ n'est pas facile ; c'est une vraie tigresse. Ça fait combien de fois qu'elle tente de partir ? Elle devait bien réussir un jour.

— Peut-être, mais si on ne la ramène pas, Teddy nous le fera payer. »

Les voix résonnaient et se mélangeaient à travers la pièce.

« Et lui ?

— Qui ?

— Le mec qui l'a aidé.

— On s'en tape. On verra plus tard. »

J'étais heureux de constater le peu d'intérêt qu'on me portait. Je connaissais désormais le prénom de ma nouvelle amie et commençais à comprendre ce qui la mettait autant à cran. Essayez d'apprivoiser un animal emprisonné, mal traité, il sera peu enclin à vous montrer son affection.

Dissimulés dans l'ombre comme des bêtes apeurées, nous misâmes sur le découragement de nos chasseurs. Au bout de quelques minutes, le petit groupe quitta les lieux. Les voix s'évanouirent dans le silence de la rue voisine. Nous soufflions enfin. Je profitai de cet instant pour me présenter. Je ne la distinguais pas, elle non plus. « Alex », exprimai-je simplement. Je crus un moment qu'elle s'était volatilisée. « Ashâ », murmura-t-elle finalement. Son ton était plus doux, tinté de mélancolie. Nous fîmes perdurer le présent, sans paroles ni gestes. Je ressentais pour la première fois depuis longtemps une forme d'apaisement. Un apaisement de courte durée.

ASHA
L'ARRANGEMENT

Je m'appelle Ashâ. Je ne me souviens plus du monde d'autrefois. Je n'étais qu'une gamine quand tout a commencé à se détraquer. Il paraît pourtant que des tas de gens à peu près sensés ont tiré la sonnette d'alarme et ont averti que tout allait se casser la gueule. Tu parles ! Comme d'hab, personne n'a écouté.

J'étais assez jeune quand j'ai perdu mes parents. Ça n'a pas toujours été facile. J'ai connu des trucs qu'aucun enfant ne devrait avoir à vivre (aucun adulte non plus d'ailleurs). J'ai erré pas mal de temps seule. J'ai subi la faim et le froid, la peur, la tristesse et le découragement. Être une femme était sans doute difficile par le passé ; ça ne s'est pas arrangé. Lorsque vous ne mangez plus, que vous êtes prêtes à laper l'eau d'une flaque boueuse, vous oubliez ce que le mot « humain » signifie. Vous êtes à nouveau un animal. Tout ce qui compte, c'est survivre. J'ignore combien de villes j'ai traversées et je ne me souviens pas de mon âge précis. Non pas que ça ait une grande importance, mais bon, j'aimerais autant savoir combien d'années je vais encore saigner tous les mois. Après, je serai tranquille, on arrêtera de me prendre pour une poule pondeuse potentielle. Je n'ai aucune envie d'élever des gosses, moi. Pour quoi faire ?

C'est déjà suffisamment difficile de s'en sortir seule. Malheureusement, on n'a pas trop le choix quand on est prisonnière des griffes de Teddy. Un animal, lui aussi. Nous sommes tous redevenus des animaux. Mâles dominants, femelles dominées ; mâle dominant, mâles dominés. La loi du plus fort, pas de place pour les faibles. C'est pour ça que j'ai décidé de fuir. Je me tire. Bye-bye Teddy et sa clique ! Mon plan est prêt. Juste un truc à régler : il me faut ces foutus codes.

J'ai passé la journée à tourner en rond. Je crois que cette fois, personne ne se doute de rien ; du moins, je l'espère. De temps à autre, je remarque quelques regards curieux, inquiétants. Je m'efforce de ne pas y prêter trop attention, ma méfiance pourrait éveiller les soupçons. Les codes. Je n'ai que ça en tête. J'ai déjà tenté ma chance une fois et j'ai compris que sans eux, je n'irai pas loin. Peu les connaissent. Teddy bien sûr. Cela dit, lui ou personne, c'est pareil. D'après ma petite enquête, ils ne sont pas plus d'une dizaine à les posséder. J'essaie de les obtenir depuis des mois. Les avoir, c'est montrer son importance et montrer son importance, c'est s'assurer qu'on ne se fera pas marcher dessus, et c'est plus facile de gagner certaines faveurs ; c'est pour cette raison que beaucoup se vantent de les avoir. Je parie que la plupart mentent ; c'est sûr, même. L'un d'entre eux m'a toutefois prouvé qu'il les détenait. Il s'en est servi juste devant moi. J'ai aperçu le morceau de papier, la liste et les emplacements indiqués proprement sur une carte de la ville tracée à la main. Hélas, impossible de déchiffrer quoique ce soit, ça s'est passé trop vite. Je lui ai posé deux ou trois questions, qui ne m'ont pas éclairée davantage. Ça ne m'a pas empêché de gamberger, d'émettre des hypothèses à partir du peu que j'en ai retenu. J'ai préparé mon plan. Je n'ai pas le choix, ça doit marcher.

Le mec qui m'a permis d'en arriver là s'appelle Nathan. Une pourriture à la botte de Teddy. C'est un lieutenant. Heureusement, tous ne sont pas comme lui. Les lieutenants quadrillent chacun un secteur avec une équipe. Ils font soi-disant respecter l'ordre. J'ai de gros doutes. Ils sont censés ne pas ennuyer la population et laisser vivre les gens à leur manière tant qu'ils ne dérogent pas aux règles établies. Pas de viols, pas de pillages, pas de bagarres, pas de vols. Enfin, ça, c'est sur le papier, la plupart du temps, ils se foutent bien qu'un type se soit fait cogner. Un petit service et c'est réglé. Certaines choses ne changent pas, les tentations sont grandes dès que le pouvoir est en jeu. J'aurais aimé n'avoir entendu que des rumeurs…

Je suis prête à tout pour partir. Je dois retrouver Nathan. Je sais ce qu'il veut et je me fiche pas mal de le lui donner ; j'en ai vu d'autres. On se fait à tout. Question d'habitude. Et puis, s'il va trop loin… Bien sûr, je préférerais éviter que ça dérape. Si ce con ne rentre pas comme prévu, tout le monde sera sur mon dos. Teddy ne sera sûrement pas content de perdre « sa chérie », alors si en plus un lieutenant manque à l'appel… De toute manière, je ne pense pas que Nathan me la fera à l'envers, si le *boss* apprend la manière dont j'ai filé, il passera un sale quart d'heure ; un quart d'heure éternel probablement. Rien à battre ! Je n'ai pas l'intention de m'inquiéter pour ce salaud et s'il me double, je le balance. Il ne s'y risquera pas. Moi, il ne me craint pas, mais son roi… Qui n'en a pas peur ? Je joue les malignes, je le provoque parfois, même si je sais de quoi il est capable. Pourtant, je suis persuadée qu'il ne me tuera jamais ;

pas plus qu'il ne me blessera – physiquement, j'entends. Pourquoi ? Tout simplement parce qu'il m'aime. Sincèrement, en plus. C'est bien ça le problème. Quand un type de son espèce s'approprie le pouvoir et s'imagine s'installer sur un trône, ça donne ça : il m'aime donc je lui appartiens. Je peux agir à ma guise, aller où je veux, du moment que je reste à lui et chez lui. Dans son royaume, son « putain » de royaume ! Bref. Quelques minutes à oublier et je m'éclipse. Ni vue ni connue.

Ça fait une heure que j'attends. La température est agréable. Je crois qu'on est au mois de mai, je n'en suis pas sûre. Peut-être en juin, peu importe, je n'ai pas froid et ça me suffit. Je ne prête plus attention au calendrier depuis des lustres. J'observe le ciel, je passe la porte (quand je ne couche pas dehors) et je fais avec. J'ai mis toutes les chances de mon côté, je porte juste un débardeur à peu près blanc ; rien en dessous. Si je l'excite bien, ça durera moins longtemps. J'ai choisi une rue un peu éloignée de la communauté. Il n'y a pas grand monde dans le coin. Quelques squatteurs, des gens en marge. Je préfère éviter les regards indiscrets. Je m'en fous pas mal qu'un type se rince l'œil, mais pas que quelqu'un cafarde – du moins, pas trop vite. *Filer tranquille, en douce, sans la cavalerie à mes trousses.*

Nathan m'a promis qu'il m'apporterait la liste. Pourvu qu'il ne mente pas.

J'entends des pas. Il arrive. C'est bizarre, j'ai l'impression qu'il n'est pas seul. « Ah ! Ashâ ! Ma belle Ashâ ! Viens par ici, que je te vois mieux.

— Qu'est-ce qu'il fait là, lui ?

— Jo ? Je lui ai promis qu'il pourrait s'amuser un peu aussi. Ça ne te dérange pas, j'espère. Plus on est de fous, plus on rit !

N'est-ce pas ce qu'on dit ?

— C'est pas ce qu'on avait convenu. Tu me prends pour ta pute ?

— Échanger ton cul contre rémunération, ça veut bien dire ce que ça veut dire, non ? Vu ce que je paie, il y a largement de la place pour deux. »

Fais chier ! Je n'avais pas prévu que ce salopard profiterait de la situation. J'aurais dû m'en douter pourtant. Quelle conne ! Putain de pervers ! « Allez. C'est bon. Assez discuter. Enlève ça !

— Lâche-moi ! Non !

— Espèce de salope ! Tu vas voir ! »

Concentre-toi, Ashâ. Concentre-toi. C'est juste un sale moment à passer et après tu files. Assure-toi simplement qu'il a apporté ce que tu lui as demandé. « Montre-moi les codes et vous faites ce que vous voulez. D'accord ?

— Je les ai, ne t'inquiète pas. Maintenant, tu la boucles. Tourne-toi !

— Montre-les-moi !

— Ferme-la ! Ça suffit ! »

Il les a sûrement. Il ne prendrait pas ce risque. Un mauvais moment à passer, c'est tout. Un mauvais moment.

« Laissez-la tranquille ! »

Merde ! C'est qui ce con ? Il va tout faire foirer.

« Rentre chez toi le vieux ou t'es le prochain sur la liste !

— Lâche-la ! Ou c'est toi le prochain, sur "ma" liste ! »

Pourquoi il se mêle de ça ? Pour une fois, qu'un mec se la joue héros, il faut que ça soit maintenant !

« C'est bon, papi est parti. On en était où ? Regarde ça Jo.

C'est pas beau ? T'en as déjà vu des comme ça ? »

Un mauvais moment à passer, c'est tout. Un mauvais moment à passer.

Non ! L'autre est descendu. C'est pas vrai ! Cet abruti va se faire buter. Tant pis pour lui, j'ai besoin de ces codes. Bordel !

Putain, il a tiré. Merde ! Merde ! Merde !

TEDDY
SOUVERAIN DÉCHU

On est bien mieux seul, j'en suis sûr maintenant. De toute façon, je crèverai bientôt, ça ne fait aucun doute, et personne ne sera là pour s'en préoccuper ; ni amis – je ne suis pas certain d'en avoir jamais eu –, ni enfants – j'aurais fait un piètre père –, ni femme – aucune ne m'a jamais supporté. Si. Peut-être mon chien. J'en ai adopté beaucoup. Les clébards sont plus compréhensifs. Ils se foutent pas mal que vous soyez un connard violent, un salopard. Tant que vous remplissez leur gamelle et leur filez deux ou trois caresses le soir et le matin, vous êtes l'être le plus important à leurs yeux. Ils tueraient pour vous.

J'ai tué parfois. Jamais pour quelqu'un, jamais pour m'amuser, juste parce qu'il le fallait. Pas seulement pour me défendre, dans ce cas-là, je serais déjà mort. Non. Dans ce monde, si vous n'êtes pas capable de donner la mort pour montrer que vous êtes le patron, vous êtes à la merci des autres. Je n'ai tué personne depuis longtemps. J'aperçois de petits groupes traverser une ou deux fois dans l'année. En général, ils ne font que passer. Dans ce cas, je m'écarte. Je suis trop vieux pour jouer les cadors.

La vie est dure ici. Dure, pas difficile. Tout est authentique.

La nature ne ment pas. Quand les températures baissent, vous êtes gelé ; quand il pleut, vous êtes trempé. Vous n'avez qu'à tendre l'oreille, écouter ses murmures, ses cris ; sentir son mouvement ; contempler sa beauté, multiple et sans chichis. Si vous êtes de son côté, elle vous protège, si vous luttez, elle vous balaie et vous expulse. Non. La nature ne ment pas. Bien sûr, elle a ses humeurs, mais elle ne change pas. Moi, j'ignore si j'ai changé. Peut-être. Je suppose que le Teddy d'autrefois regarderait celui d'aujourd'hui avec étonnement. Il lui dirait sûrement : « Qu'est-ce que t'as foutu ? T'étais le roi. Maintenant, tu ressembles à un clodo ou un homme des cavernes. C'est quoi cette barbe ? T'es un animal ? » Il n'aurait pas tort, je suis probablement redevenu une bête. Quoique, je lui balancerais certainement qu'à l'époque, j'en étais déjà une. Je suis simplement passé d'un jeune loup à un vieil ours. Vivre trente ans dans cette espèce de toundra ne pouvait pas me conduire à autre chose. Un mal pour un bien. Je ne regrette pas d'être arrivé ici. Bien sûr, je ne l'ai pas accepté tout de suite, j'ai d'abord pensé à me venger. Puis j'ai compris. Les jeunes loups sont non moins en danger, le mâle alpha est toujours une cible. Il attise les jalousies, les convoitises. Je n'ai jamais revu Ashâ, en tout cas si je suis un ours aujourd'hui, c'est assurément à cause d'elle.

Ashâ n'a jamais été comme les autres, c'est sûrement pour cette raison que je m'y suis attachée. Elle présentait une beauté simple, brute, authentique, pas le genre des *bimbos* qui frappaient à ma porte à l'époque. Ses formes étaient jolies, mais ça n'était pas ce qui m'attirait chez elle. C'était cette lueur dans ses yeux. Quelque chose que peu de personnes possèdent. Appelez ça de l'intelligence, je ne sais pas, je pense que c'est un truc qui va au-delà. L'intelligence est dans la tête, elle, ça vibrait dans tout son corps.

Elle était assez jeune lorsque je l'ai connue. Elle devait avoir quoi ? Seize ou dix-sept ans ; à vrai dire, elle l'ignorait autant que moi. À l'époque, je commençais à gérer les affaires. Mon frère était toujours de ce monde. Malek était présent également. À trois, nous étions invincibles. Un trio craint par tous.

Nous avions mis la main sur un stock d'armes, un an avant. Pistolets, fusils d'assaut, grenades, protections en tout genre. Un « putain » d'arsenal ! Nous y sommes allés par étapes. J'étais fougueux, c'est sûr, néanmoins pas de nature à me précipiter. Un homme pressé, ça ne fait que des conneries (une femme aussi d'ailleurs ; la bêtise n'a pas de genre). Nous avons très vite géré une grande partie de la ville. Quelques groupes ont résisté bien sûr – nous n'étions pas les seuls à être armés –, mais une victoire ne se joue pas sur la puissance. La stratégie, c'est tout. La stratégie. Je n'ai pas beaucoup de qualités, cependant je possède au moins celle-là : je suis un stratège. J'anticipe. Je pense. Je réfléchis. Sans doute moins maintenant, je ne me charge plus de grand-chose ; de rien, à part de moi, en fait.

Ashâ en a bavé avant que je la trouve. Plutôt, qu'elle me trouve. Elle a débarqué en pleine nuit, affamée et assoiffée. Je me suis occupé d'elle. Je lui ai filé une chambre et à manger, puis je l'ai laissée tranquille quelques jours. Accueillez les gens avec un bâton et vous êtes sûr qu'ils n'auront qu'une ambition, c'est de vous rendre les coups que vous leur avez portés. Offrez-leur dans un premier temps ce qu'ils veulent et ils s'estimeront redevables ; on a rarement envie d'assassiner celui qui vous a tendu la main – en tout cas, pas immédiatement.

Je me suis d'abord assuré qu'elle se remette et se sente chez elle. La communauté était organisée. Nous nous attachions à ce que tout aille pour le mieux et c'était le cas (pour ceux qui respectaient les règles évidemment). Nous punissions sévèrement tout écart ; ça suffisait à calmer tout le monde. Pas de démocratie, pas d'élection participative, pas de décision commune – enfin, à part entre Malek, mon frangin et moi. Démocratie… Quel concept stupide ! Seul l'être humain peut inventer ce genre de débilité. Le pouvoir au peuple ? Chaque fois qu'il s'en empare, c'est pour écharper ses congénères et les remplacer. Certains nomment ça « révolution », moi, j'appelle ça « recommencement ». L'histoire se répète indéfiniment ; c'est comme ça. Soit, vous y trouvez votre place, soit, quelqu'un s'en occupe pour vous. J'ai trouvé celle d'Ashâ, malheureusement, elle ne l'a jamais acceptée.

Pourtant, je n'ai pas eu à la forcer beaucoup. Au départ, j'avais l'impression d'apprivoiser une panthère ou un tigre ; un mot ou un geste de travers et c'était le coup de griffes assuré. Heureusement, avec le temps, elle s'est adoucie. À peu près… Un félin reste un félin, imprévisible et sauvage. Par chance, affectueux aussi. Nous nous sommes vite rapprochés. Ça ne m'empêchait pas de voir d'autres filles ; j'étais insatiable ; moins que la rumeur le prétendait toutefois. J'ai pas mal joué avec ça, ça faisait partie du mythe. La réalité n'intéresse personne. Contrairement à ce que beaucoup imaginaient, je n'en ai jamais forcé aucune ; du moins, pas au sens où l'on peut l'entendre. Simplement, je leur offrais certains avantages dont elles avaient du mal à se priver. Dégueulasse ? Immorale ? Tu parles ! La morale de quoi ? De qui ? Si Dieu existe, je passerai un sale quart d'heure, qu'importe s'il dure une éternité, la vie, c'est ce qu'on en fait, un point c'est tout. Il y en a qui s'en sortent, d'autres non. C'est comme ça. On peut pleurnicher, penser que j'ai profité de la situation, c'est comme ça. J'ai croupi des années, sans rien à bouffer, qui ça inquiète ? Qui songe à ce que j'ai enduré ? Tout le monde s'en tape, chacun sa merde.

Ashâ a fini par se plier aux règles, comme ses concitoyens. Un certain temps, du moins. Je crois que ça a commencé à foirer quand elle est tombée enceinte. C'était pas la première. Elle ne le supportait pas. Je lui ai pourtant expliqué que son gosse serait à l'abri, qu'il ne manquerait de rien – un fait plutôt rare étant donné le contexte –, mais elle s'en foutait. Elle voulait s'en débarrasser au plus vite. « Un gamin dans ce monde ? Jamais ! » Moi, je pensais que les enfants à venir avaient une importance capitale, nous avions besoin d'eux pour construire une alternative nouvelle, et puis je songeais à ma succession… J'ignore ce qui me prenait à l'époque. Sur ce point, j'étais véritablement un crétin. Il faut savoir apprendre de ses erreurs. Sans surprise, elle s'est enfuie. Quelqu'un lui avait parlé d'une personne capable de s'occuper d'elle. Elle l'a trouvé. Moi aussi. Dommage pour lui.

Si j'étais arrivé plus tôt, j'aurais peut-être été indulgent, mais là… Vivre avec cette vermine dans ma ville, non ! Le type en a bavé avant de voir l'enfer. Je n'étais pas tendre, juste droit. Cette enflure profitait de la détresse des femmes. Il ne les aidait pas, il leur octroyait ce qu'elles étaient infoutues de s'administrer, juste pour assouvir ses fantasmes de dégénéré. Elle l'a haï, elle m'a haï également.

Après cet évènement, rien n'a plus été pareil, Ashâ refusait de me parler. De mon côté, je l'avais privée de tous les avantages dont elle bénéficiait depuis son arrivée. Plus d'accès à mes quartiers. Bibliothèque, vidéothèque, eau courante, vêtements à profusion… Plus rien. Je croyais naïvement que ça suffirait, que la frustration lui remettrait les idées en place. J'imaginais aussi qu'elle aurait fini par relativiser la situation, qu'au bout d'un moment, nous nous serions rapprochés de nouveau ; je tenais sincèrement à elle. J'étais surtout aveuglé. Ce que j'étais niais ! Sa colère ne tarissait pas. Alors, comme rien ne changeait, j'ai opté pour une méthode différente : j'ai lâché la bride. Je lui ai expliqué que je la comprenais, qu'elle avait besoin de temps, que c'était normal. J'ai supposé que ça avait fonctionné. Je pensais vraiment qu'après un an, elle avait jeté l'éponge. Tu parles ! J'ai réalisé trop tard. Ashâ n'espérait qu'une chose : se tirer ! Elle a d'abord trouvé un moyen de se procurer les codes. Tout le monde rêvait de les posséder. Évidemment, je ne les remettais qu'à certains privilégiés. Je souhaitais qu'ils se sentent importants ; différents des autres. En s'imaginant avoir toute ma confiance, tous me le rendaient au centuple. Hélas, l'être humain est loin d'être parfait. Bien sûr, je ne l'ai pas découvert avec cette histoire, je me doutais bien que certains profiteraient de la situation. J'ai mésestimé la détresse d'Ashâ, son besoin de fuir. Elle a exploité ses charmes. Qui n'y aurait pas succombé ? En tout cas, certainement pas ce crétin de Nathan. Je le savais légèrement benêt, pas très futé, néanmoins, je l'envisageais obéissant, prêt à servir son roi. Toucher à Ashâ. Il a sûrement cru que je n'aurais rien vu. Tout le monde était au courant qu'elle voulait partir. Une fois disparue, comment établir un lien avec lui ? Résultat, il s'est fait dézinguer. Quel abruti ! Ce qui me chagrine le plus, quand j'y repense, c'est qu'il a embarqué Jo là-dedans. Ce gamin avait du potentiel. Dommage que la bêtise soit plus contagieuse que l'intelligence. De toute façon, si l'autre ne lui avait pas explosé la tronche, je m'en serais chargé. C'est comme ça, sinon, c'est le bordel assuré. Remarque. Ça n'a pas empêché le foutoir qui est arrivé par la suite.

ALEX
RÉVEIL DIFFICILE

Le matin suivant, je ne me réveillai pas dans mon assiette. En bon gentleman, j'avais laissé mon imperméable à la belle pour me réserver les courants d'air et les frissons qui les accompagnent, du coup, je toussais comme un dératé – je suis fragile de la gorge. J'ouvrai péniblement les yeux. Un soleil blafard encore timide me révéla le sombre décor qui accueillit notre court sommeil. J'étais étendu au milieu des décombres de ce qui semblait avoir été un jour une entreprise de services à la con ; probablement commercialisait-elle une quantité d'offres inutiles, comme quatre-vingt-dix pour cent des boîtes de l'époque. Je connaissais l'endroit pour l'avoir déjà visité une fois – je n'étais qu'à quelques pâtés de maisons de mon appartement. Un souvenir peu marquant qui ne me donna pas le sentiment d'une adresse à retenir. J'observai les bureaux sens dessus dessous et les ordinateurs fracassés, démantibulés pour en extraire les quelques grammes d'or ou de silice emprisonnés ; une ultime tentative de personnes désespérées réalisée à un moment où ces métaux rares possédaient encore une quelconque valeur. À constater l'état délabré de la pièce, le lieu avait dû être retourné des centaines de fois.

ALEX

Je massai mon crâne pour accélérer mon réveil difficile. L'atmosphère était calme, comme souvent à cette heure-ci. Je me levai en gémissant un cri de douleur étouffé. Ma jambe était bien entaillée ; le bras, ça allait. Je devais nettoyer la plaie où c'était l'infection assurée. Je conservais une trousse de premiers soins et un flacon d'alcool à quatre-vingt-dix chez moi – planqué bien sûr ; certaines âmes inconsolables sont prêtes à tout pour picoler, même si le remontant doit leur foutre en l'air le tube digestif. Restait à savoir comment retourner le chercher sans attirer l'attention. J'imaginais qu'Ashâ me filerait un coup de main. Après tout, c'était bien ce que j'avais fait pour elle, non ? Cependant, je constatai immédiatement qu'elle n'était plus auprès de moi. Je décidai de sortir de la planque pour la retrouver. Peut-être s'était-elle mise en quête du petit-déjeuner ? pensai-je, un peu naïvement. Cette simple évocation me plongea dans un passé lointain, impalpable tant il me semblait irréel et inconcevable.

Je suis né le 22 juillet 2013. Un bel été, paraît-il. Enfin, selon les considérations de l'époque, maintenant, c'est autre chose… Nous avons vécu quelques années dans une maison en banlieue avant que mon père ne perde son emploi et qu'on déménage en appartement. En ce temps-là, on possédait un petit jardin, un barbecue… Quand le temps s'y prêtait, on s'installait sur la terrasse. Le matin, papa buvait son café en lisant son journal, moi je mangeais mes céréales bourrées de sucre, au grand désespoir de ma mère, qui n'arrêtait pas de pester contre ces « saloperies » et tous ces fabricants irresponsables qui foutaient en l'air la planète. Je me souviens qu'il se moquait d'elle parce qu'elle continuait d'en acheter. Je suppose qu'au fond, elle voulait surtout me faire plaisir. Ces enfoirés d'industriels n'hésitaient pas à titiller la corde sensible en rendant les gamins accros, après, aux parents de se démerder avec l'addiction des marmots ; pas étonnant qu'on en soit arrivés là.

Je cherchai Ashâ un peu partout, en prenant garde de rester discret, les types de la veille pouvaient débarquer n'importe quand pour finir leur *job*. Je priais toutefois pour qu'ils nous croient partis et songent qu'aucune personne ne serait assez bête pour s'éterniser en lieu et place de sa disparition. En toute logique, nous nous serions enfuis bien loin de l'endroit où ils nous avaient observés pour la dernière fois. Au bout d'une heure d'investigation, je me fis à l'idée : la belle s'était tirée, avec mon fusil, mon imper et les cartouches qu'il contenait. « Voilà à quoi ça mène, de jouer les preux chevaliers au service de la veuve et l'orphelin ! », pestais-je en posant mes fesses sur un bloc de béton couvert de tags indéchiffrables. Je demeurai assis quelques minutes avant de percevoir les bribes d'une conversation. Deux hommes approchaient.

La petite troupe d'hier soir n'avait sans doute pas distingué mon visage ni pu apercevoir le détail de ma tenue, cependant, je préférai éviter d'expliquer les raisons de ma présence à cet endroit. Je fonçai à l'intérieur dans l'espoir de dénicher un escalier qui me conduirait sur les toits. Je souffrais. Chaque pas déchirait mon muscle meurtri. J'avançais malgré tout, avec prudence, sans pour autant traîner.

Par chance, je découvris une embouchure. Je remarquai aussitôt les gonds de part et d'autre de l'encadrement ; la porte avait disparu. J'ignorai où elle se trouvait à présent ; peut-être servait-elle de table ou de toiture, ou encore de bois de chauffage. J'empruntai les marches de bétons, en maudissant Ashâ et tous ceux qui la pourchassaient, et arrivai devant une issue, malheureusement, scellée. Je m'effondrai, frustré, épuisé par l'ascension.

J'essuyai finalement mes larmes de gamin paumé et regardai autour de moi. Je finis par dénicher un gros tube d'acier, suffisamment costaud pour démolir le cadenas qui m'empêchait de progresser. Je savais que le coup alerterait mes éventuels poursuivants, néanmoins, c'était ça où patienter des heures ici, en incluant le risque qu'ils débarquent tout de même. Je m'apprêtai à frapper puis penser à entourer mon outil d'une pièce de tissu pour étouffer le bruit de l'impact. Je sacrifiai ma chemise et exécutai ma première tentative ; à côté bien sûr, je n'ai jamais été bon en travaux manuels. Malgré mon stratagème pour minimiser la propagation du son, un grand vacarme avait retenti. Je retentai ma chance, sans succès. Je voulus crier, mais m'abstins – le voisinage se serait plaint. Je brandis à nouveau le métal quand j'entendis des pas. Quelqu'un montait. Cette fois, je rassemblai mes forces et aiguisai ma concentration. Je n'avais plus le droit à l'erreur.

Le tube fracassa le boîtier qui céda sous le choc et tomba sur le carrelage. Je le savais, je venais de donner l'alerte. Je poussai la porte et débouchai sur une autre pièce. Une échelle encore en place permettait d'accéder au toit. Je grimpai sans attendre en réprimant ma peur et traversai le lanterneau brisé. J'étais enfin dehors. Je filai en avant sans regarder, en courant sur les gros graviers qui chantaient ma présence. Je manquai de trébucher quand j'entendis qu'on m'appelait : « Arrête-toi mon gars, on veut juste te parler ! » Je ne me retournai pas. J'enjambai le garde-corps et me précipitai sur la toiture de l'immeuble d'à côté. Trop raide. Je glissai comme une merde devant les yeux écarquillés de mes poursuivants. Par chance, je m'échouai sur un balcon. Sans réfléchir, je cognai la baie vitrée avec mon tube d'acier. Celle-ci éclata en mille morceaux.

Je fonçai à l'intérieur. Un vieux squat abandonné, comme la plupart des logements du quartier. Pas le temps pour la visite, je sortis rapidement pour atteindre le couloir plongé dans une semi-obscurité. Une lumière vive m'aveugla aussitôt. Quelqu'un me collait une lampe en pleine tronche. J'essayai d'obstruer le faisceau avec mes mains pour tenter de l'identifier, tout en craignant qu'il ne s'agisse d'un gars de la bande de Teddy. Heureusement, pas du tout. C'était une femme drôlement attifée. Elle tenait un grand cabas rempli de babioles et baragouinait des trucs incompréhensibles en agitant sa loupiotte de poche. Je suppose que si elle m'avait entendu parler, elle se serait dit la même chose. Je décidai d'en finir avec notre conversation stérile et continuai de fuir. Il fallait que je me planque, mais pas ici.

Je dévalai des escaliers pour rejoindre le rez-de-chaussée. Je ne me dirigeai pas vers la rue, je préférai sortir de l'autre côté. Un parking privé où pourrissaient des bagnoles d'ex-privilégiés morts depuis longtemps, converties en abri de fortune pour les clodos. Une clôture arrachée séparait le bitume d'un ancien jardin public. Je fonçai à travers la verdure ; une vraie jungle. Le feuillage épais fouettait mon corps et mon visage, griffés de temps à autre par les branches redevenues sauvages. Une douleur lancinante stoppa ma course. Je ne criai pas. Je laissai s'échapper quelques larmes, puis continuai ; moins vite cette fois.

Je boitai jusqu'à l'extrémité du petit parc et débouchai sur un passage désert. Mon torse était nu, mon pantalon lacéré par le verre et les débris. Je savais parfaitement où j'étais, mon appartement était à proximité. J'ignorais si l'on m'y attendait. Peut-être. Peu importe, je pouvais dire adieu à ma vie sordide, merdique, mais tranquille. Les hommes de Teddy avaient certainement mené leur enquête. Quelqu'un m'avait sans doute reconnu ou a minima, avait constaté mon absence, ou – fait d'autant plus probable – avait dénoncé ce type qu'il trouvait bizarre depuis longtemps et qui, en plus, ne respectait pas les « règles » en vigueur. Les gens sont souvent prêts à tout pour quelques avantages, alors quand c'est pour survivre à la semaine suivante, le choix est vite fait.

Je m'approchai discrètement et pénétrai l'immeuble d'à côté par-derrière. Le rez-de-chaussée hébergeait autrefois un magasin de fringues pour femme ; pas une grande enseigne, une boutique de quartier dont je me demandais à l'époque comment elle subsistait ; ça s'appelait « quarante-quatre », je crois, en référence à la taille ou au numéro de la rue – peut-être les deux en fait. Désormais, l'endroit revêtait davantage l'allure d'un garage abandonné plutôt que le fer de lance de la mode pour les rondes. Quelques sapes moisies gisaient au milieu des portants abîmés et des cintres entortillés. Je choisis un pull sombre au col roulé agrémenté d'une fine dentelle. J'avais chaud et la maille collait à ma peau trempée de sueur. Je conservai pourtant mon camouflage de fortune. Pas le temps d'admirer mon look dans un miroir cassé, je ne ressemblais de toute façon probablement à rien.

J'avançai vers la vitrine brisée pour observer l'extérieur. Les cadavres des deux zigotos n'étaient plus là. Seuls le bourdon-nement des mouches, les traces de sang et sans doute quelques morceaux de chair éparpillés témoignaient de l'altercation ma-cabre survenue quelques heures avant. La porte de mon im-meuble était à deux mètres à tout casser. « Jouable ! », me dis-je sans beaucoup d'autres possibilités d'actions. Je priai une dernière fois pour que personne ne m'attende et commençai à enjamber l'ouverture lorsque je sentis mon corps projeté vers l'arrière. Quelqu'un m'avait agrippé et m'entraînait à l'intérieur. Dommage. J'y étais presque.

ASHA
ROMÉO & RODOLPHE

Il roupille comme un bébé. Dans leur sommeil, tous les hommes ressemblent à des enfants. À croire que la violence et les peurs qui les animent disparaissent avec leurs rêves. Teddy m'attendrissait quand il dormait. Eh oui, lorsqu'ils songent, même les pires enfoirés s'effacent sous les traits des anges.

Lui, je ne le connais pas. Ce qui est sûr, c'est qu'il a foutu tous mes plans en l'air. Je ne peux pas trop lui en vouloir, pour une fois qu'un mec a de bonnes intentions ; je suis bien obligée d'avouer que ça ne court pas les rues. Bien sûr, je pourrais me tirer avec son fusil et le reste, mais bon, ça ne serait pas très correct ; le monde est suffisamment pourri, inutile d'en ajouter. On n'est pas très loin de chez Roméo et Rodolphe. Je pense qu'ils m'aideront, ils n'apprécient pas plus que moi Teddy et sa clique. J'aurais préféré éviter de mêler d'autres personnes à mon histoire, malheureusement, je n'ai plus vraiment le choix, rien ne s'est passé comme prévu. Je m'assure juste que la voie est libre et je viens le rechercher. Le jour se lève, mieux vaut que je me dépêche. Ils nous cacheront quelques heures, après, ça sera chacun pour soi. Je ne sais pas ce que ce type s'est mis en tête. Désolé pour lui, mon chemin se tracera en solo.

Alex, j'embarque ton matos. T'inquiète pas, je le ramène très vite, finis ta nuit tranquillement.

Il sourit comme s'il m'avait entendu. Il va sucer son pouce si ça continue.

Putain, ce que je suis contente de me tirer de cet endroit ! Je ne comprends même pas comment j'ai fait pour y passer tant de temps. Qu'est-ce qu'on a tous à vouloir squatter le chaos ? C'est débile, non ? À part les terrains de culture – une fois de plus, gérés par Teddy – et les quelques jardins publics laissés en friche, il n'y a que du béton abîmé, des briques écroulées, de l'acier démantelé ; tout est démantibulé, détraqué. Ce monde reflète le désespoir de nos âmes flétries. Ce qui me manque le plus, c'est l'horizon. J'ai l'impression de tourner en rond dans une maquette cassée. Parfois, j'étouffe, alors je grimpe sur les toits pour me calmer. Tôt, le matin, le soleil caresse les ardoises, les tuiles et la tôle – c'est beau comme le réveil de celui qu'on aime ; avant de se souvenir de tout ce qui nous agace chez lui. Je préfère les fins de journée d'été, douce et longue. L'atmosphère vous enlace. Une étreinte muette et chaleureuse qui vous fait espérer des lendemains meilleurs. Puis vient la nuit, aussi noire que le cœur de ceux qui luttent. Difficile de savoir si le bonheur existe encore quelque part. A-t-il seulement existé ?

Peu de monde traîne ici. Les gens oublient certains lieux. Pourquoi ? Je l'ignore. Les mauvaises ondes peut-être. En ce qui me concerne, ça m'arrange. Je me niche au creux des ombres, file les ruelles sombres. Les sons s'évaporent sous mes pas discrets.

J'entends du bruit. Deux hommes discutent à voix basse. Ils ne chuchotent pas pour autant. Se planquer, se cacher, toujours. Mes poils se dressent et mon cœur s'emballe ; une respiration et je détale. Pas loin. Je dois les observer, savoir qui c'est ; m'assurer qu'ils ne tomberont pas sur Alex. S'il se fait choper… Mieux vaut ne pas y songer.

Ils s'approchent. Ils rient.

Je me glisse dans un recoin et m'enveloppe. Un bout de tissu, une loque. Le truc pue la mort! Je retiens mon souffle et ravale un haut-le-cœur.

« J'adore ces promenades matinales. Ça me revigore. Pas toi ?

— Si. C'est désert à cette heure-ci. C'est agréable. »

Je ne vois rien à travers ce truc, en plus j'étouffe. Ils n'ont pas l'air de nous chercher. Je dois retirer ça. Putain, je vais gerber. « Argh ! »

« T'as entendu ?

— On dirait qu'on n'est pas si seuls en fait.

— J'ai l'impression que ça venait de ce côté.

— Laisse tomber. Sûrement quelqu'un qui a mal dormi.

— Je vais quand même jeter un œil.

— Attends. Je t'accompagne.

— Non. Reste ici. Je reviens tout de suite.

— D'accord, mais prends ça. Et fais attention s'il te plaît. Je t'aime. »

Je t'aime ? Ça, c'est pas des gars de chez Teddy… Je connais cette voix. Merde, il arrive !

« Eh ! Stop ! Ne bougez pas ou je tire ! »

Fais chier ! Je suis baisée.

« Posez votre arme et tournez-vous lentement ! »

Fais ce qu'il te demande Ashâ. Pas le moment de déconner. Ces deux types n'ont pas l'air bien dangereux. Tout peut se dérouler dans le calme. On s'explique et chacun reprend son chemin. Ça va aller.

« Ashâ ?

— Rodolphe ? »

Putain, le bol ! Je ne les avais pas reconnus.

« Qu'est-ce qui t'amène ici ? Pourquoi tu te caches ? Toi, t'as encore fait une bêtise.

— On va dire ça, ouais. En fait, je vous rendais une petite visite.

— Tu es toujours la bienvenue chez nous. Viens, Roméo est à côté. »

La chance est avec moi pour une fois. Cela dit, je préférerais éviter de traîner là, je suis loin d'être à l'abri.

« Ashâ ! » Roméo a prononcé mon prénom avec un enthousiasme démesuré. C'est un type gentil. Je ne sais pas pourquoi, chaque fois que je le vois, il m'accueille comme si c'était le plus beau jour de sa vie. Il en fait un peu trop, mais bon, il manifeste un truc positif, c'est déjà ça. Il a du mérite, les gays galèrent autant que les femmes – hétéro ou pas d'ailleurs. Non, je rectifie, les gays galèrent plus que les femmes. Je n'ai jamais trop compris pourquoi. Parce qu'ils se roulent des pelles et se tripotent la nouille ? Qu'est-ce qu'on en a à foutre ? Les gens ont peur de quoi ? Sûrement qu'ils prennent le pouvoir et obligent tous les hommes à baiser entre eux. Interdiction formelle d'être hétéro ! La blague.

« Dis donc, tu n'aurais pas besoin d'une petite toilette ? Tu t'es frottée contre un cadavre ? » Il éclate d'un rire aigu. Je souris. Ça fait du bien. « Tu me fais couler un bain ? J'arrive. » On se marre. J'en oublierai que ma vie est en sursis. Rodolphe est plus sérieux : « Plaisanterie à part, tu peux venir te rafraîchir chez nous. Ça ne sera pas un bain, mais tu te décrasseras » Roméo s'empresse d'alléger tout ça : « Je fabrique un savon, ma chérie ! Une merveille ! »

L'offre est tentante. De toute façon, mieux vaut éviter de batifoler dans les rues pour l'instant. En même temps, je ne peux pas abandonner Alex, il est sûrement réveillé maintenant. Va savoir comment il réagira en constatant qu'il est seul. Il jouait les durs, mais j'ai vu sa blessure, la plaie n'avait pas l'air jolie. Rodolphe a remarqué mes préoccupations :

« Tu sembles tracassée.

— J'ai un service à vous demander.

— Bien sûr. Qu'est-ce qu'on peut faire pour toi ?

— T'as raison, j'ai déconné. J'ai embarqué quelqu'un dans mes histoires et je ne peux pas le laisser comme ça. Il n'est pas loin. Il est un peu abîmé, il a besoin d'être soigné. Il faudrait qu'on reste la journée chez vous. Quelques heures. Pas plus. Dès que la nuit tombe, on se tire chacun de notre côté. »

Leurs visages changent. Je ne capte pas si c'est de la compassion ou de l'inquiétude. S'ils ne me filent pas un coup de main, ça sera vraiment compliqué. Roméo m'enlace et me réconforte. Il a l'air sincère. Rodolphe se retient davantage, ça passe plus par les mots avec lui : « On va t'aider. On te doit largement ça. Explique-nous où il se trouve, pendant ce temps, toi, tu te caches à la maison.

— Non, je vous accompagne. C'est plus simple.

— Je suppose que notre bon roi est à ta recherche. Mieux vaut ne pas risquer de te faire prendre.

— Vous ne connaissez pas Alex et s'il a bougé, vous ne le

retrouverez pas. En plus, si Teddy l'attrape, je me sentirai responsable.

— Comme tu veux. »

Ça devrait le faire. Je le récupère et on fonce chez Roméo et Rodolphe. Cette nuit, je me casse une bonne fois pour toutes. Évidemment, en espérant qu'une patrouille ne débarque pas là-bas. C'est peu probable, pas impossible ; mes amitiés sont discrètes, pas inconnues.

Voilà. Je refais le chemin à l'envers. Le soleil est plus haut, la lumière n'est plus mon amie. On n'a croisé personne pour l'instant, pourvu que ça dure. Rodolphe a l'air soucieux. Il m'aide, même si je vois bien que ça le perturbe. Ma fuite risque de peser lourd sur sa vie. Décidément, tous ces hommes à mon service me feraient presque penser que je me suis trompée sur le compte de l'humanité. Peut-être qu'un espoir subsiste quelque part.

Ça y est. Nous y sommes. Je leur désigne l'entrée de notre planque improvisée : « C'est ici. » Aucun bruit, j'espère qu'il est toujours là. Dans le cas contraire, je ne pourrai plus rien pour lui. Rodolphe se tourne vers moi pour me suggérer d'attendre discrètement. En fait, ça sonne plus comme un ordre. Il ajoute : « On ne sait pas qui va nous accueillir. Ils l'ont possiblement déjà retrouvé. S'il n'a pas bougé, on lui expliquera que tu es avec nous, sinon on racontera qu'on cherchait du matos, OK ? » J'accepte, il n'a pas tort. Je me planque dans le bâtiment d'à côté. Plus sûr. Pourvu qu'il n'y ait pas d'embrouilles, Alex a l'air plutôt imprévisible. Je lui ai emprunté son arme, je suis au moins certaine qu'il n'allumera pas mes potes.

Le temps passe.

Qu'est-ce qu'ils fabriquent ? C'est long.

Bong !

Ah merde ! C'était quoi ça ? On aurait dit une cloche. Un truc en métal, un son cinglant étouffé, je ne sais pas trop. En tout cas, pas un crâne défoncé, ça, c'est tristement silencieux.

Bing !

Merde ! Ça a recommencé, encore plus fort, plus aigu. Putain ! Qu'est-ce qu'ils foutent ? J'espère qu'ils ne sont pas blessés. Si quelque chose leur arrive…

« Arrête-toi mon gars, on veut juste te parler ! »

C'était Rodolphe. Aucun doute. Lorsqu'il s'adresse à quelqu'un qu'il ne connaît pas, il prend toujours ce ton exagérément masculin. Comme s'il avait besoin de prouver une virilité de pacotille. « Mon gars », ça ne lui ressemble pas du tout, ça sonne faux. Il a la carrure, par contre, la gestuelle et les mots, c'est pas ça. Trop poli. Normalement, c'est plutôt une qualité, sauf quand on vit au milieu des sauvages, là, la courtoisie peut devenir un vilain défaut.

Je me doutais que j'aurais dû y aller. Pas le choix, je dois sortir observer ce qui se trame.

Mais ? Mais qu'est-ce qu'il fiche encore ? Je rêve ou Alex vient de s'écrouler sur un balcon. Ce con a failli se tuer. Il faut que je le rattrape. Je crois qu'il est assez bête pour retourner chez lui.

Je le course, écrase le bitume à toute allure, esquive un poteau, puis un autre, saute un muret, *jump* au-dessus d'une poubelle éventrée, avale les trottoirs sans regarder. Hop ! Je fonce et fends le vent ; un objectif : l'attraper.

Retour à la case départ, en mode envers du décor. J'espère

qu'il n'a pas été assez stupide pour se présenter à sa porte. Plus question de me montrer, je me plaque contre la façade façon ninja. Ma main à couper qu'ils sont déjà chez lui.

Je le vois.

Alex ! Te voilà. Il s'enfonce dans le magasin d'à côté. Apparemment, les femmes adoraient ce genre d'endroit. Des beaux habits, pleins de fringues. Tu rentrais, tu choisissais et tu raquais pour un t-shirt, un pantalon, et plein d'autres trucs, puis tu revenais un mois plus tard et tu recommençais. Il en restait quand j'étais gamine, je ne m'en souviens pas ; je ne me rappelle pas ce monde-là. C'est une vieille qui me l'a raconté. Je trouve ça tellement débile. T'as des sapes, pourquoi t'en veux des nouvelles ?

Je dois le choper avant les autres. Il ne m'a pas capté. Hop ! Colback dans la main, canon sous le menton. Viens par là, mon garçon !

TEDDY
VIVRE EN ROI

Il y a des jours où le destin semble vous sourire. Encore étendu sur votre lit moelleux, couvert de soie et de satin, le soleil chatouille vos paupières et vous caresse le visage, la respiration douce d'une femme effleure votre poitrine, tandis que les fesses tièdes d'une autre s'écrasent dans la paume de votre main. Allongé dans votre chambre luxueuse, vous ouvrez les yeux. Tout est réel. Ça n'est pas un rêve, juste l'existence que vous avez choisie et bâtie à la force de votre courage et de vos convictions. Nombreux étaient ceux qui désiraient ma place, peu, ceux qui s'étaient donné les moyens de l'obtenir.

Je n'ai jamais eu l'intention de subir ma vie. Mon père disait toujours que je n'étais pas né avec une cuillère en argent dans la bouche, mais que si j'en voulais une je n'avais qu'à me bouger le cul et bosser. À l'origine, on n'était pas pauvres, plutôt du genre bas de la classe moyenne, cependant comme tout allait de travers, ça n'était pas facile tous les jours. Surtout les dernières années avant que tout se mette à déraper. Tout jeune, je ne m'en rendais pas vraiment compte, c'est en grandissant que j'ai compris ce qui se passait. Les grèves, le chômage, les dérèglements climatiques, les maladies, les manifs pour tout et rien… Ce qui est sûr, c'est que ça râlait. Au bout du compte, mes parents trimaient pour s'en sortir. Ils multipliaient les petits boulots et couraient sans arrêt après les missions *intérim*. Malheureusement, ça n'a pas suffi à nous maintenir à flot. On a d'abord vendu la voiture. Trop chère. Le prix du carburant oscillait fréquemment et s'est envolé du jour au lendemain, sans qu'on sache vraiment pourquoi. Au départ, mon père nous avait certifié qu'il redescendrait, d'après lui, ça finissait toujours par baisser. Je l'entends encore : « C'est leur truc de nous faire gober que les puits de pétrole sont à sec, juste pour qu'on s'habitue à raquer. Vous laissez jamais embobiner les enfants. » Puis il refourrait le nez dans son téléphone, lobotomisé par les conneries diffusées en boucle sur les réseaux sociaux. Sauf que c'est jamais retourné à la normale, le tarif n'a pas cessé de grimper et tout est parti en *live*. De fait, les prix des produits ont augmenté et tout le monde s'est mis à galérer davantage. Mes parents ne savaient plus comment s'en sortir et s'engueulaient tout le temps. Et puis un jour, mon père a découvert que ma mère tapinait. D'après elle, c'était le seul moyen pour qu'on bouffe ; nécessité fait loi comme on dit. Lui ne trouvait plus de taf et picolait… Il a pété un plomb et l'a cognée. Quand mon frère a constaté ce qu'il lui avait collé, il est devenu dingue ; *daron* ou pas, il lui a démoli la tronche. Le lendemain, notre vieux s'est tiré. Je ne l'ai jamais revu. Il avait juste laissé sa casquette élimée qu'il ne quittait jamais. Elle contenait un petit mot à l'intérieur : « Je ne m'inquiète pas pour toi, tu vas t'en sortir. Papa. » Je savais que ce message m'était adressé. Hormis la rouste que mon frère lui avait administrée, je connaissais son opinion à son propos, il me l'avait suffisamment répétée :

« Ton frère est un raté. C'est comme ça. » Quelques mois plus tard, ma mère est tombée malade – il y en a sûrement un que la nouvelle aurait réjoui. Autrefois, ce genre de truc se soignait plutôt bien, mais notre monde avait déjà trop changé.

Du coup, je me suis retrouvé avec mon frangin. Avant, on nous aurait placés en famille d'accueil – moi en tout cas, Etan était majeur –, mais désormais, qui s'en serait soucié ? Alors, j'ai suivi le conseil de mon père, j'ai bossé. À seize ans, j'ai monté mon premier business, évidemment, avec mon frère. C'était depuis longtemps un caïd dans le quartier. Il pouvait te casser la mâchoire, simplement parce que tu l'avais regardé de travers. Heureusement, avec moi, c'était différent. « Toi, je t'écoute, tu sais de quoi tu parles. On est du même sang, hein ? À seize piges, t'as avalé plus de pages que moi et tous ces abrutis réunis. T'en as dans le crâne, ça se voit. Tout le monde le voit. » Il me faisait confiance, malgré mes trois ans de moins que lui. On formait une bonne équipe. L'embrasement de la société nous profitait ; plus c'était la merde, mieux on s'en sortait. À cette époque, mes ambitions demeuraient toutefois limitées. On se débrouillait correctement – étant donné le contexte –, mais sans rapport avec ce que j'ai vécu plus tard ; ça allait, ce qui n'était déjà pas si mal. Et puis Malek s'est rapproché de nous. Un type immense et silencieux. Une montagne. Pas du genre à discuter beaucoup, juste assez pour nous convaincre. Mon frère et lui étaient à l'école primaire ensemble, quand tout se passait encore à peu près normalement, ça avait facilité le dialogue. À ce moment-là, il traînait avec une bande avoisinante, pas vraiment rivale, chacun fricotait dans son coin, en revanche il voulait s'investir et son groupe ne lui offrait pas de véritables opportunités. Lorsqu'il a parlé des trois mousquetaires, j'ai su que sa caboche était pleine, il lisait ; une qualité devenue rare. Il s'est ajouté à notre duo et là, on a commencé à construire notre réputation. Jusqu'à ce que tout nous appartienne ; jusqu'à ce que tout m'appartienne. Mon royaume. Une ville rien qu'à moi.

Mon territoire s'étendait sur une dizaine de kilomètres carrés ; une agglomération totalement redessinée au moment de sa conquête. Chaque issue était barricadée. Barbelés, barrières, planches, tôle… tout servait à marquer la frontière avec le reste du monde. Les cités limitrophes s'en étaient accommodées, négociations avec les plus forts, intimidation et menaces avec les plus faibles. Chacun chez soi en somme. Ce qui n'empêchait pas les échanges commerciaux lorsqu'ils étaient nécessaires ; tout était bien encadré. Pour entrer, les badauds devaient montrer patte blanche et courber l'échine. Même si au départ j'accueillais les âmes perdues à bras ouverts, j'avais imaginé un cérémonial : les gens me prêtaient serment et allégeance. Je satisfaisais mon ego et j'offrais un sentiment d'appartenance. Un symbole au départ, nous décidions ensemble, cependant, mes lectures m'avaient convaincu que les nations les plus puissantes avaient toujours été menées par une personnalité singulière. Ce genre de chose s'installe naturellement, j'ai pris ma place, ils ont pris la leur ; un chef et ses généraux. Je savais que mon frère s'y était contraint, j'ignorais toutefois le ressentiment qui le rongerait plus tard. Pourtant, il n'aurait pu en être autrement. Très tôt, j'ai plongé le nez dans les bouquins, lui dans la gnole. Je suis malgré tout obligé d'avouer que sans ses accès de nervosité et son appétit pour la violence, je ne serais pas arrivé là où j'en étais. Quand le chaos envahit votre environnement, mieux vaut tenir un rottweiler en laisse plutôt qu'un caniche.

Ainsi, les journées finirent par se ressembler. Tous les matins, je me délectais d'une douche chaude, un privilège dont je profitais égoïstement. Mon petit-déjeuner était frugal. Les beaux jours j'enfilais un t-shirt, un blouson léger, un jean et une paire de baskets ; les mauvais, j'optais pour un caban et je troquais les sneakers contre des bottines plus solides. Dans tous les cas, ce qui ne changeait pas, c'était la casquette ; moi non plus je ne la quittais jamais. Grâce à elle, tout le monde me reconnaissait, un signe distinctif que personne ne se serait imaginé copier. J'y tenais comme un gosse à son doudou. Stupide ! S'accrocher aux objets ne sert à rien à part à vous rendre dépendant. Tout ça est terminé depuis longtemps, désormais je n'ai plus d'attaches. Ni humaines ni matérielles. Ma vie est beaucoup plus simple. Hélas, je l'ai compris bien trop tard. Je voulais tout et j'ai tout perdu, y compris la casquette et Ashâ.

Je me souviens très bien du jour où les gars sont venus me chercher pour m'expliquer ce qui s'était passé. Une belle journée s'annonçait pourtant. J'avais quitté mes appartements et je me sentais reposé ; Malek était parti depuis une semaine et devait rentrer d'un jour à l'autre ; les récoltes étaient bonnes et aucun incident majeur n'était à déplorer depuis plusieurs mois. Je peux affirmer que j'étais d'une excellente humeur. Jusqu'à ce que je me rende compte que ma garde d'imbéciles n'avait pas osé me déranger pendant la nuit pour débarquer le matin, alors que le soleil chauffait déjà mes bras dénudés. « On a un problème. » Ça devait ressembler à quelque chose de ce genre, une annonce tremblotante, dénuée de toute forme d'assurance. C'est ça d'être craint, vous n'imposez pas seulement le respect, vous provoquez la peur. Pas besoin d'arborer des muscles hypertrophiés ni d'être immense, les gens doivent simplement savoir de quoi vous êtes capable.

Mon frère est arrivé à peu près à ce moment-là. Il avait sans doute déjà avalé quelques centilitres de bière maison, si ce n'était pas l'espèce de whisky alambiqué qu'il fabriquait lui-même. Il m'a salué du haut de son mètre quatre-vingt-dix et s'est installé en retrait pour me laisser traiter l'affaire. En le voyant, les mecs ont frissonné. Si je véhiculais un certain effroi, lui terrifiait littéralement l'assemblée. J'ai inspiré longuement et j'ai contemplé le ciel sans rien dire, puis je me suis approché de Vince, le second de Nathan, celui qui avait tout bien pesé décidé de m'alerter. J'ai enroulé mon bras autour de son cou – il était un peu plus petit que moi, beaucoup plus costaud au demeurant. Je lui ai posé une question : « Vince, est-ce que tu as le sentiment d'avoir fait de ton mieux ? » Toute sa peau s'est empourprée. Ses acolytes nous observaient en se demandant ce qui allait lui arriver. « Je ne sais pas Teddy, je…

— Tu ne sais pas ? »

Le mec n'était plus loin de faire dans son pantalon, moi, je me sentais invincible, j'avais l'impression d'être un dieu. Je me suis tourné vers les autres membres de cette bande d'incapables. « Qu'est-ce que vous en pensez ? Vous croyez que Vince a fait de son mieux ? » Ils se sont contentés de balancer la tête sans prendre trop de risques. J'ai souri et je l'ai lâché. Je me suis accroupi et j'ai fait mine de réfléchir. J'ignorais la teneur du problème, mais étant donné leur attitude, ça ne sentait pas bon. Au bout d'un moment, je me suis frotté les mains et je me suis relevé. Au départ, je n'ai rien dit, j'ai laissé le silence parler pour moi, finalement j'ai poursuivi : « Alors, qui s'est donné le plus à fond dans cette histoire ? Qui a vraiment le sentiment d'avoir fait de son mieux ? » Je pensais qu'ils la fermeraient tous, pourtant, un petit malin s'est détaché du groupe. À vrai dire, je le connaissais assez mal. Peu importe, son visage ne me revenait pas ; un freluquet arrogant recruté par Nathan. Il s'imaginait sans doute m'impressionner, se faire une place et prendre du galon. Il s'est approché l'air convaincu et m'a balancé : « Teddy… Je t'assure, on a fait le maximum avec les gars, on sait que c'est important pour toi. » Il était très maigre, les muscles secs, un nerveux. Il me dépassait bien d'une tête. J'ai plongé mes yeux dans son regard naïf, un rictus maladroit étirait ses lèvres pincées. Le temps s'est arrêté et mon front s'est enfoncé dans sa mâchoire. Un coup de boule puissant et impromptu. Il est tombé net. Quelques-unes de ses dents étaient pétées, il pissait le sang sans comprendre ce qui lui arrivait. Lorsqu'il s'est redressé, mon pied s'est écrasé dans sa figure déjà abîmée – par chance pour lui, on était dans les beaux jours, la semelle de mes baskets était plutôt douillette. Pour être honnête, à cet instant, je me demandais encore comment j'allais m'en occuper. En fait, la teneur exacte du problème m'échappait, mais tu ne venais pas me voir en me racontant que tu avais fait de ton mieux s'il y avait un souci. C'était aussi simple que ça. C'était ma façon d'agir, je m'imaginais juste et impitoyable. Je m'apprêtais à le laisser récupérer, quand cet abruti s'est remis à causer la bouche en vrac : « Pardon, Teddy, je t'assure qu'on ne pouvait pas faire autrement, le type avait un fusil à pompe… » Mon frangin s'est jeté sur lui, l'a attrapé par les cheveux et lui a fracassé la tête sur le bitume. Une fois, deux fois, jusqu'à ce que sa chair se confonde avec le sol. C'était comme ça avec Etan, vif et imprévisible. Il a essuyé ses mains sur son t-shirt souillé, a craché par terre en *scrollant* les autres avec ses yeux vitreux, et est reparti vaquer à ses occupations. Je les ai regardés en conservant un calme olympien. Après ça, les mots ont coulé d'eux-mêmes, les gars m'ont raconté que Nathan et Jo étaient morts et qu'Ashâ avait filé dans la nuit, aidée par ce fameux type armé d'un fusil à pompe. J'ignorais qui c'était, c'était sans importance, les informations à disposition me suffisaient. Non seulement le mec s'était donné la permission de posséder une arme sur mon territoire et s'en servir, et en prime, s'était tiré avec celle qui m'appartenait.

Il y a des jours où le destin semble vous sourire, méfiez-vous-en comme de la peste.

ALEX
GRABUGE AU 44

Je ne compris pas tout de suite qui m'avait tiré en arrière. Le métal froid d'un canon s'écrasait sur ma mâchoire inférieure et le col de mon pull pressait ma glotte ; quelqu'un m'agrippait et me traînait vers l'intérieur. On recula doucement, sans échanger un mot, jusqu'à ce qu'on s'enfonce dans une zone plus obscure, à l'abri des regards indiscrets. L'inconnu me retourna d'un coup sec et me flanqua une gifle ; une torgnole sèche et rigide, la paume bien appuyée. Je relevai la tête et écarquillai les yeux. C'était elle. Ashâ venait de me coller une claque pour me remettre les idées en place. J'allais m'exprimer, lorsqu'elle posa son index sur ma bouche pour m'intimer le silence. Étrangement, mon cœur s'emballa. Une chaleur vive envahit ma poitrine. Je distinguais à peine son visage, je sentis simplement son doigt s'écraser sur mes lèvres et glisser au ralenti jusqu'à la triste séparation de nos épidermes. Elle dessina des gestes avec la main ; j'avais l'impression d'observer un membre d'un commando d'élite en action. Elle m'invitait à rester planqué. J'obéis comme un bon petit soldat et contemplai l'experte. Ashâ n'avait évidemment suivi aucune formation militaire, pourtant, elle se mouvait parmi les décombres avec une aisance particulière, agile et furtive. Elle s'approcha de l'ouverture avec un style bien différent du mien – moi-même, j'avais le sentiment de la confondre avec le décor. Elle s'appuya contre le pan de mur jouxtant l'ex-baie vitrée et inclina sensiblement la tête pour inspecter l'extérieur. Elle recula instantanément et s'immobilisa quelques secondes, avant de porter à nouveau son attention sur moi. Elle leva la main et dressa deux doigts pour m'indiquer le nombre de personnes présentes dans la rue puis réitéra l'opération pour vérifier son compte et revint vers moi, toujours aussi discrète.

Elle chuchota : « J'ai repéré deux hommes de Teddy, mais ils sont peut-être davantage ; d'autres sont sans doute chez toi, tu ne peux plus rentrer.

— Je dois soigner ma jambe.

— J'ai retrouvé des amis. Ils te donneront ce dont tu as besoin, inutile de retourner là-bas. »

Elle jeta un regard sur ma blessure, mon pantalon était déchiré et couvert de sang.

« Tu vas savoir marcher ?

— J'ai réussi à courir jusqu'ici, j'imagine que oui.

— OK. Alors on y va. Suis-moi !

— Comment ça ? "On y va ?" Je croyais que je devais te lâcher les basques. Qu'est-ce que tu fabriques ici d'abord ? »

Je l'avais touché en plein cœur. Je pointais le doigt sur ses contradictions et l'obligeais à dévoiler l'intérêt qu'elle me portait.

« Tu ferais mieux de ne pas me faire changer d'avis. Tiens ! Reprends ça ! Tu ne ressembles à rien avec ce pull. » Elle ôta mon imperméable (qui lui seyait davantage qu'à moi, soit dit en passant) et révéla une nouvelle fois ses formes délicates qui, je ne le cache pas, me procurèrent un certain émoi. Le spectacle ne fut toutefois que de très courte durée. Elle ramassa un haut d'un vert indéfinissable étant donné l'obscurité qui régnait, le renifla brièvement avant de le secouer en silence, puis l'enfila. La tenue accentuait sa posture guerrière. Elle repartit vers l'issue que nous avions empruntée pour entrer, quand je la stoppai : « Je dois d'abord récupérer quelque chose chez moi. » Elle me considéra d'un air incrédule. « T'es bouché ? murmura-t-elle en tentant d'étouffer son agacement. Si tu y retournes, ces types te chopperont et te forceront à balancer tout ce que tu sais sur moi sans oublier de te faire payer ta petite sortie d'hier soir. Je te l'ai dit, mes amis ont ce qu'il faut pour te soigner. »

Je le confesse, je n'avais jamais pensé que mon départ serait définitif. En fait, je m'étais laissé porter par les évènements qui avaient brisé cette monotonie sans fin dans laquelle j'existais depuis des années. Malheureusement, je ne pouvais plus rentrer chez moi pour reprendre ma vie merdique et pépère. Quand je compris vraiment que mon retour serait impossible, une image se figea sur le revers de ma rétine ; un peu à la manière d'un *smartphone* pété qui vous abandonnait comme un con devant l'écran statique sans aucun moyen de débloquer l'engin. C'est Ashâ qui me sortit de ma brève léthargie : « Dépêche-toi. Je n'ai pas envie qu'on nous trouve ici.

— J'ai besoin de ce truc, surtout si je suis sûr de ne pas revenir, expliquai-je en inspectant plus en détail les alentours.

— Et tu vas t'y prendre comment monsieur "j'ai une jambe en vrac" ?

— Commence par me rendre mon fusil, j'aviserai.

— C'est ça, ouais. J'ai pas fait tout ça pour crever dans les ruines de cette boutique moisie. Je te le redonnerai quand on sera en sécurité, autrement dit, pas maintenant ! »

Elle avait haussé le ton sans s'en rendre compte. Notre conversation s'interrompit aussitôt. On se regardait sans se voir, car tous nos sens venaient de céder la place à notre ouïe. Nous étions tels deux cerfs tapis dans un fourré craignant d'avoir alerté un chasseur passant à proximité. Hélas, quelqu'un approchait. J'eus à peine le temps d'observer Ashâ se fondre dans l'ombre et disparaître. Moi, je me retrouvai comme un con face à la silhouette de cet étranger qui m'interpella pour me demander pourquoi j'étais là. « Bonjour, dis-je simplement. Je ne voulais pas vous effrayer. » L'inconnu s'avança, pistolet à la main. « M'effrayer ? Elle est bonne, celle-là. Bouge pas mon gros. Lève les bras et attends-moi. » Je devais réfléchir vite, c'était l'occasion de me débarrasser d'un premier homme. Je ne savais pas s'il faisait partie du groupe qui nous avait poursuivis la veille, et même si c'était le cas, il méconnaissait de toute façon mon allure précise. Quant à Ashâ, elle était devenue invisible. J'eus presque l'impression qu'elle s'était envolée.

« Qu'est-ce que tu fous ici ? me demanda-t-il, une fois près de moi.

— Je cherche des fringues. Je ne suis pas du quartier.

— Tu ne vois pas que c'est des sapes de meufs ? Elles puent la mort en plus. T'es tordu ou quoi ?

— Vous savez, on est moins difficiles de nos jours. »

J'ignore encore ce qu'il allait dire ou faire. Une dalle de carrelage s'abattit sur son crâne. Je me souviens uniquement du bruit. Un son lourd, sans résonnance. Ashâ avait sans doute voulu l'assommer, peut-être, en tout cas le gars ne se releva pas. Elle se retourna immédiatement pour vérifier que son acolyte ne se pointait pas, ce qui me permit d'en profiter pour ramasser l'arme du type étendu par terre, recroquevillé dans une position étrange.

« Donne-moi ça ! m'ordonna-t-elle.

— Non, à moins que tu ne me rendes ce qui m'appartient. »

Elle leva la tête et souffla. Une expiration courte pour évacuer le surplus de pression qui commençait à monter.

« Je te l'ai dit, je ne pars pas d'ici sans avoir récupéré ce dont je t'ai parlé.

— Putain ! En quoi ce truc est-il si important ? »

Ce qui devait arriver arriva, son pote débarqua. « Fred ? » Cette fois, Ashâ n'eut pas le temps de se planquer. Lorsque le gaillard remarqua que deux inconnus armés habitaient la pénombre et encadraient son compagnon en vrac au milieu, ça dégénéra immédiatement. Il tira le premier. Je réussis à me mettre à l'abri d'un côté, Ashâ, dans la direction opposée ; difficile dans ces conditions de nous viser tous les deux. Je m'apprêtais à lui rendre la pareille quand une balle éclata son front. Quelqu'un venait de lui exploser la cervelle et ça n'était ni moi ni Ashâ. Une autre personne se tenait désormais à la place du regretté pote du regretté Fred. Droite comme un « i », bonne musculature. Même si ce super héros sorti de nulle part nous avait sauvé la mise, je préférai rester dans mon coin, dissimulé au milieu des fragments désordonnés d'une ancienne cabine d'essayage.

« Ashâ ? » Je n'en étais pas sûr à cent pour cent, mais la voix ressemblait à celle du type qui m'avait interpellé quelques minutes plus tôt, durant mon escapade sur les toits de la ville.

Elle se redressa, en marmonnant et en pestant sans doute contre moi. « Tu vas bien ? poursuivit l'inconnu.

— Ouais, ça va, répondit-elle en se massant l'épaule. Où est Roméo ?

— Il est planqué un peu plus loin. C'est lui ? ajouta-t-il, en me désignant d'un hochement de tête. »

Je ne distinguais pas correctement son visage, pourtant je suis presque certain qu'Ashâ leva les yeux au ciel, au moment de son acquiescement désespéré. Sans surprise, lui aussi nous invita à nous presser. Évidemment, ma réplique ne changea pas, je devais rentrer chez moi. Cependant, j'étais à peu près sûr d'une chose : personne n'occupait mon logement. Les multiples détonations auraient immédiatement rameuté le reste de la troupe et personne n'arrivait.

« Ils ne sont peut-être pas dans ton appart, mais ça ne saurait tarder, m'expliqua Ashâ, qui avait deviné mes pensées. En temps normal, les coups de feu sont rares dans le quartier, ajouta-t-elle en guise de ponctuation.

— Je ne vous demande pas de m'accompagner. »

Étrangement, son ton se radoucit. Je crois qu'elle cherchait à m'amadouer. « Écoute, je sais que tout ça est en partie de ma faute, mais là tu nous mets vraiment tous en danger.

— Je vous l'ai dit, je peux me débrouiller seul. »

Elle évacua une fois de plus la pression qui l'habitait, puis invita son ami à rejoindre le fameux Roméo, jusqu'à ce qu'on revienne. Il suivit son conseil et Ashâ et moi nous rendîmes à l'entrée de mon immeuble. La clarté soudaine nous obligea à plisser les yeux. La rue était déserte. J'imagine que les deux cadavres retrouvés plus tôt avaient poussé les traînards habituels vers des quartiers adjacents, plus tranquilles à ce moment. Impossible toutefois de déterminer si quelques âmes perdues avaient été témoin de notre incartade.

Le bâtiment était juste à côté. On s'y faufila. Je renouais immédiatement avec l'odeur caractéristique de ma cage d'escalier. Le visage d'Ashâ trahissait son dégoût. De mon côté, j'éprouvais une évidente satisfaction à rentrer chez moi. Sur le palier, je remarquai la porte entrouverte. Je ne me souvenais plus si je l'avais fermée ; pas surprenant, étant donné mon état d'ébriété avancée à cet instant. Ashâ adopta une fois de plus son allure combative. Elle cala la crosse du fusil au creux de son épaule et passa la première. Elle appuya son pied contre le chêne qui séparait mon intimité et le reste du monde et pointa son canon vers l'avant. J'assurais ses arrières, le pistolet à la main, prêt à intervenir. Comme rien ne se produisit, elle s'aventura la première. Je la suivis en jetant des regards réguliers derrière nous. Nous progressions à petits pas. J'étais sur mes gardes, pourtant mon rythme cardiaque ne s'emballa pas. Je crois que je n'avais pas peur et d'après ce que je pouvais constater, elle non plus.

L'appartement n'était pas immense, les pièces peu nombreuses. Lorsque nous fûmes certains que personne ne nous attendait pour nous trancher la gorge ou nous trouer le bide, je fermai derrière nous.

Le son métallique du verrou nous apporta instantanément un sentiment de sécurité. Dans une autre vie, je lui aurais servi un verre et nous nous serions installés dans mon canapé avant peut-être que le destin (ou l'alcool) ne nous pousse à nous explorer davantage, malheureusement, le destin (et non l'alcool) en décida autrement.

J'observai mon « chez moi » dévasté. La garde de Teddy s'en était donné à cœur joie. Tout était renversé, déchiré, arraché. Je ne savais pas trop ce qu'ils étaient venus chercher, je ne possédais rien qui ait une quelconque valeur à leurs yeux. D'après moi, ils avaient tenté de dénicher une photo pour me reconnaître ou n'importe quel truc capable d'établir un lien entre moi et Ashâ. En tout cas, ils avaient laissé un beau merdier. Je sentis ma compagne du moment un peu tracassée par l'ampleur des dégâts. « Désolée », lâcha-t-elle. Sans doute forcée de manifester une once de compassion à mon égard. « Pas grave », me contentai-je de répondre, en éprouvant également une sorte d'obligation à la déculpabiliser ; après tout, elle ne m'avait pas demandé de descendre pour la secourir, elle n'avait d'ailleurs jamais émis le moindre signe de détresse. J'avais pris la décision seul et j'en subissais à présent les conséquences.

Elle jeta un œil à la fenêtre, cette même fenêtre qui avait fait basculer ma vie encore quelques heures plus tôt. Elle semblait pensive. Je m'apprêtais à intervenir quand elle se retourna brusquement. « Bon. Alors, tu as quoi de si important à récupérer ? J'espère qu'ils ne l'ont pas bousillé, vu l'état de l'appart.

— Je ne crois pas. »

Je filai vers ma chambre. Je débarrassai à la va-vite ce qui traînait sur le sol et m'accroupis à un endroit bien précis. Ashâ m'avait suivi et m'observait, probablement en se demandant ce que je trafiquais à genoux. Je glissai mes doigts entre les rainures du vieux parquet et délogeai une latte, puis une autre qui l'avoisinait. J'ôtai ensuite un morceau de carton jauni qui protégeait et dissimulait ce que j'étais venu chercher.

Il était là, juste en dessous, toujours intact. Je caressai sa surface et enlevai la fine couche de poussière déposée dessus avant de l'attraper. « Tu te fous de moi ? »

Je savais qu'elle ne comprendrait pas.

ASHA
LE JOURNAL

C'est donc en matant par cette fenêtre qu'Alex est entré dans ma vie. Nathan se présumait à l'abri dans cette rue, quel idiot ! J'imagine qu'il se sentait en sécurité partout finalement. Tout le monde n'est pas à la hauteur de son pouvoir.

Qu'est-ce qu'il fabrique ? Je me demande bien pourquoi il devait absolument revenir ici. Le mieux c'est de le lui poser la question : « Bon. Alors, tu as quoi de si important à récupérer ? J'espère qu'ils ne l'ont pas bousillé, vu l'état de l'appart.

— Je ne crois pas. »

Voilà qu'il s'agenouille, il va se mettre à prier ou quoi ? Non, je ne pense pas que ça soit son genre. Il cherche quelque chose. Qu'est-ce qu'il a bien pu planquer ? Une arme ? Il imaginait peut-être que je ne lui rendrais pas son fusil. Je n'allais pas le garder. Trop encombrant. Je préfère un *gun*, un truc plus léger.

Quoi ? Il plaisante là ?

« Tu te fous de moi ?

— Je te l'ai dit, je ne t'ai pas demandé de m'accompagner. »

Qu'est-ce que c'est que ça ? Un cahier ? Ou je ne sais quoi… Un tas de papelards empilés depuis des années, bref, une chose inutile. En tout cas, rien qui justifie de risquer sa vie. De toute façon, honnêtement, y a-t-il encore quelque chose qui vaille le coup de risquer sa vie, à part la vie elle-même ? La liberté peut-être…

Il a remarqué mon air agacé.

« Tu ne peux pas comprendre.

— Ça, c'est sûr. On a failli crever pour du papier.

— Je ne pouvais pas quitter cet endroit sans l'emporter. »

Le machin est plus épais qu'un dictionnaire, des feuilles chiffonnées débordent de tous les côtés. Il n'a pas relevé que l'une d'elles était tombée. S'il s'aperçoit que quelque chose manque à ses affaires, monsieur est foutu de vouloir revenir. Je la ramasse. C'est une photo. Une gamine pas très habillée. Seize ou dix-sept ans ; pas plus. Sa fille ? Non, ça m'étonnerait. Il n'est pas si vieux que ça. J'imagine qu'il a entre quarante et cinquante ans, un type comme lui n'aurait jamais fait un gosse en plein milieu de ce merdier. Une victime ? J'ai lu pas mal de trucs dans le genre, la bibliothèque de Teddy est pleine de bouquins policiers – coucher avec ce connard devait bien me servir à quelque chose. Si ça se trouve, je me traîne un taré depuis la veille, un *pédo* qui photographie ces victimes et les range tranquille dans son cahier rempli de trophées. En même temps, les pellicules de *pola* en bon état ne courent plus les rues. J'en ai vu quelques-unes chez Teddy. Lui aussi archive sans doute ses conquêtes dans un journal. Quoiqu'il soit plus du style à les coller au mur, histoire de profiter d'une vue d'ensemble, ça lui ressemble plus – putain de psychopathe ! À moins que ça ne soit une trace de son ancienne vie, le machin est bien poussiéreux ; sûrement planqué là depuis un bail. Je ne sais pas trop. Pourquoi serait-il descendu faire la peau de mes présumés agresseurs dans ce cas ? Entre collègues malades, ils se soutiennent, non ? Peut-être pas, en fait… Ça leur renvoie plutôt l'image de ce qu'ils sont. Il ne l'a pas supporté et les a dézingués pour faire taire la petite voix dans sa tête : *« t'es comme eux Alex, un enfoiré de pervers ! »* Il sort, les tue, me voit, mâte mes seins qui s'agitent sous son nez, et sa petite voix revient : *« Vas-y ! Je suis sûr qu'elle sera d'accord. »* Il me suit en songeant au moment opportun où il prendra son tour, avant que toute cette histoire ne parte en vrille et qu'il pense que je me suis fait la malle. Et merde ! Et moi je ne me suis rendu compte de rien. Quelle conne !

« Rends-moi ça ! »

Ce con a failli l'arracher. J'ai l'impression de ne plus le reconnaître. Ses yeux sont différents, plein de colère. La honte qu'il éprouve sans doute.

Tu crois que tu vas t'en sortir comme ça ? Que je vais passer l'éponge en faisant style de rien ? Vas-y, mon gars, crache le morceau :

« C'est qui cette fille ?

— Mon passé t'intéresse maintenant. »

Je dois l'obliger à baisser sa garde. Dès qu'il avoue, je lui fais vivre l'enfer. Allez, Alex, confie-moi tes tourments, je me chargerai d'expier tes péchés. « Qui est-ce ? C'est quoi ce journal ? Que contient-il de tellement important ?

— Toute ma vie. »

Toute ton existence de cinglé, ouais ! Va falloir m'en dire un peu plus si tu ne veux pas finir le cerveau en bouilli. « Ta vie de malade, hein ? C'est ça ? Cette gamine, tu l'as violée et assassinée froidement. Comme toutes celles que tu caches là-dedans avec toutes les autres, pas vrai ? » Son visage change, il a l'air perdu. T'inquiète pas, Alex, tu seras vite libéré du poids qui pèse sur ton esprit troublé.

« Mais qu'est-ce que tu racontes ?

— Me prends pas pour une débile, j'ai tout compris !

— C'est ma petite sœur ! T'es complètement tarée ! »

Sa petite sœur, c'est ça, ouais ! Il insiste en plus : « Elle a à peine quinze ans sur cette photo.

— OK. OK. Et pourquoi tu ne me filerais pas ton journal si tu n'as rien à te reprocher ? »

Il souffle. Il est agacé, mais me tend l'objet. Je l'attrape et j'enfonce mon cul sur le lit défoncé par les types de Teddy. Je pose le fusil à côté de moi avant qu'il s'apprête à me rejoindre. Je lui lance un regard assassin et l'avertis en redressant l'arme vers lui : « Toi, tu ne bouges pas ! ». Qu'est-ce qu'il croyait ? Qu'on allait s'installer tous les deux et parcourir tranquillement l'histoire de son passé détraqué ! Il recule en levant les yeux au ciel. J'ouvre la pièce à conviction à la première page. Le temps l'a jaunie. Un mot est inscrit dessus :

« Que ce journal soit le témoin d'une vie bien remplie. Bon anniversaire. Papa et maman. »

Les pauvres, s'ils voyaient ce que leur fils est devenu. Alors, quand monsieur a-t-il décidé de rejoindre le rang des violeurs en série ?

« 9 septembre 2022. Cher journal. je ne m'attendais pas à recevoir ce genre de cadeau. À vrai dire. j'aurais préféré un nouveau jeu vidéo. mais maman dit que ça me sera plus utile.

Je ne sais pas. D'habitude, j'écris sur des feuilles, comme ça je n'aurais plus besoin de les agrafer. »

Vaut mieux que j'aille mater un peu plus loin, l'innocence de l'enfance le préservait encore. Là ! Voilà ! 18 mai 2026 :

« Je ne sais pas quoi faire. Léa veut qu'on se voie après les cours. À ce qu'il paraît, elle me kiffe. Genre big crush ! Ça me stresse. Je fais quoi si elle veut qu'on se mette en couple ? »

Bon, manifestement nous avons eu une adolescence très différente, on n'a clairement pas eu les mêmes préoccupations. Je passe plusieurs pages. Novembre 2036 :

« Je n'ai aucune nouvelle de mes parents et de Louise depuis des mois. Au début, mon téléphone fonctionnait de manière intermittente, mais c'est terminé désormais. En ce moment, j'évite de sortir, les rues sont dangereuses. Heureusement, je me suis constitué un stock de boîtes de conserve suffisamment tôt ; ça prend de la place, mais ça me rassure. J'ai également emmagasiné des céréales et d'autres trucs sans date de péremption. Pour l'eau, c'est un peu plus galère, les coupures sont de plus en plus régulières. J'ai acheté de gros bidons que je remplis quand c'est possible. »

Il a collé une photo sur la page de gauche. Deux enfants en train de déballer des cadeaux sous un sapin. Une dame est à côté d'eux – la maman, je suppose. Elle sourit. J'imagine que le père est derrière l'appareil. Les gamins sont jeunes, le garçon doit avoir douze ans ; la petite, sept ou huit. Je le reconnais malgré le temps qui sépare le gosse du type adossé contre le mur en face de moi. Elle aussi a conservé les mêmes traits, moins d'années se sont écoulées entre cette image et celle qui s'est échappée du journal intime. Je relève la tête, lui observe le sol. Alex en a bavé. Son monde s'est écroulé sous ses yeux. Moi, je ne m'en suis pas trop rendu compte, tout du moins, j'en ai gardé un vague souvenir. Je me demande ce qui lui est arrivé par la suite.

« Alors ? Satisfaite ? Je peux récupérer ce qui m'appartient ? »

Je referme l'objet délicatement et le lui rends. Je me sens un peu idiote de m'être enflammée à ce point. Quoi ? Comment j'aurais pu deviner ? J'ai vu tellement de trucs *chelous*, à gerber. Il me fait comprendre qu'il souhaite également retrouver son fusil à pompe. Je lui remets dans la foulée, il me l'échange contre le pistolet, qui me correspond davantage. Il chope un sac à dos et y glisse son foutu journal, puis fouille son appart malgré le désordre ambiant. Il me confirme que c'est un malin, les gars n'ont pas trouvé la plupart de ses cachettes. À une exception près : sa trousse de premiers soins qui contenait son flacon d'alcool. Alex jure deux ou trois fois, se calme et fait le plein de munitions et de bouffe ; il emporte aussi quelques fringues. Il enfile ensuite un t-shirt sans prendre la peine de s'isoler. Il est maigre, plutôt bien bâti, du genre *secos* – les gras sont plus rares de nos jours. Il conserve son pantalon déchiré, certainement trop douloureux à enlever.

« C'est bon ? Monsieur a terminé ? On va enfin pouvoir se mettre en route ? » Il ne me répond pas, sans doute un peu vexé par mes suspicions soudaines.

Ça y est, on sort. Discret. Heureusement, personne n'est encore là. Ce coin est vraiment merdique, je ne sais pas pourquoi Alex y est resté tout ce temps. Le centre est plus propre, plus habitable. C'est là que vivent Teddy et l'essentiel de la communauté. En tout cas, ceux qui souhaitent demeurer sous la protection du « bien vénéré roi »! Je le moque, mais son système fonctionne relativement bien. Les gens cultivent, entretiennent, rénovent. L'électricité et l'eau courante équipent certains bâtiments ; uniquement des lieux à usages publics bien sûr, les bains par exemple. Je mets de côté la tour de Teddy – un seigneur use toujours de certains privilèges. Ici, c'est différent, la zone n'est pas aménagée, c'est encore le cas pour de nombreux quartiers. Les citoyens y sont soumis aux mêmes règles, simplement, la garde y traîne moins, à part pour venir se défouler et enchaîner les conneries. C'est leur terrain de jeu, on peut dire. Ceux qui comme Alex choisissent de vivre dans ces lieux délaissés sont souvent des marginaux, des personnes qui préfèrent rester dans leur petit coin et prendre leurs décisions seuls. Tu parles d'une illusion! Pour l'instant, on les laisse tranquille, mais si Teddy a besoin de bras, personne ne pourra refuser, c'est comme ça! Et c'est ce qui se produira un jour ou l'autre, dans ce quartier ou ailleurs. Teddy projette de réhabiliter la ville petit à petit. Parfois, j'avais l'impression que son projet était sincère et puis je constatais les faits, les trucs passés sous silence, les passe-droits, les accès de colère de son frère qu'il couvre systématiquement. Chaque fois que je lui mettais le nez dans ses contradictions, il m'expliquait que c'était nécessaire, que ce monde était tombé dans le chaos à cause du laxisme et du manque de radicalité des autorités en place. Tout ce que j'ai compris, c'est qu'on n'est jamais libre dans cette ville. On ne peut plus sortir, à moins de payer son dû envers le royaume, des heures et des heures à contribuer au renouveau de la cité. Autant dire que c'est très compliqué. On a tous besoin de se nourrir, se laver, s'habiller… et ça, ça coûte, ça s'ajoute à votre note. La plupart s'en accommodent, beaucoup sont heureux ici. J'imagine que c'était le cas aussi au moyen-âge, le peuple faisait avec, il n'avait pas le choix. En ce qui me concerne, c'est terminé, je sais que je n'épongerai jamais ma dette, j'aime mieux crever que d'y retourner.

TEDDY
BALANCE TON BOSS

Après l'intervention remarquée d'Etan, j'ai essuyé le sang qui tachait mes baskets, puis j'ai demandé aux autres de nettoyer le carnage qui salissait l'entrée de ma tour. Cette zone n'était accessible qu'aux lieutenants et à leurs équipes, cependant j'avais préféré éviter une rencontre impromptue entre un corps défoncé et une population que je m'attachais à préserver d'une violence gratuite trop affichée. Je devais apparaître impitoyable, mais bienveillant ; dur avec mon armée, doux avec mes sujets.

Je m'apprêtais à remonter pour réfléchir, quand Vince a précisé quelque chose : « Fred et Valentin sont toujours là-bas, je leur ai ordonné d'y rester jusqu'à ce qu'on revienne, histoire d'en savoir davantage sur le type qui a aidé Ashâ. » Le pire dans tout ça, c'est qu'il avait l'air serein. Je l'imaginais comme un enfant fier de lui, bombant le torse pour percevoir mes louanges. Que voulez-vous qu'il arrive lorsqu'un imbécile est chargé de recruter quelqu'un ? Il y a malheureusement peu de chance que celui-ci mette la main sur un génie. Évidemment, les deux hommes plantés sur les lieux n'avaient pas donné signe de vie depuis plusieurs heures ; ni message ni retour triomphant. À cet instant, mon envie de cogner grandissait. Cela étant, mon frère s'était suffisamment illustré en la matière et il était temps de montrer l'exemple. Je me suis tourné vers le comité *d'empaillés* qui m'entourait. « Est-ce que l'un d'entre vous souhaite ajouter quelque chose ou celui-ci préfère-t-il attendre demain ? », ai-je demandé sans trop dévoiler mon agacement. Une jeune recrue s'est avancée. Idriss, un gamin de dix-sept ans. Il n'était pas particulièrement arrogant, pas réservé non plus, disons que celui-ci employait le ton juste. Il m'a exposé l'histoire simplement : « Je crois qu'Ashâ a les codes. » Je me suis approché de lui et je l'ai interrogé : « Qu'est-ce qui te fait penser ça ?

— J'ai entendu Nathan blablater des trucs.

— Tu vas devoir être plus précis, mon garçon, lui ai-je expliqué, sans l'agresser.

— C'était avant-hier. Je traînais avec Jo et Valentin, et Nathan s'est pointé. Il était pas très différent des autres jours, il a toujours eu l'habitude de se la raconter, mais là, on sentait qu'il préparait quelque chose et qu'il était trop fier. Il nous a balancé qu'il se réservait une soirée bien chaude avec une "+1" et a ajouté que ça ne risquait pas d'arriver à une bande de puceaux comme nous. »

Jusque-là, rien de très surprenant de la part d'un type comme Nathan. Idriss a continué : « Son baratin a excité Jo, qui n'arrêtait pas de lui réclamer des détails. Forcément, ça lui a plu. C'était ce qu'il voulait de toute façon : impressionner quelqu'un. Moi, je m'en battais les couilles de sa *story*, c'est pas étonnant qu'il ait fini au fond d'un trou. Bref, je lui ai quand même demandé c'était qui cette *meuf* soi-disant trop bonne. Il a pas déclaré son blaze, mais il a pas caché que c'était une de tes cailles ; enfin, une recalée apparemment, c'est ce qu'il a bavé. T'y touchais plus trop, c'était de l'histoire ancienne. Genre ! Le type avait pas toute sa tête, putain ! D'où tu te chopes une des filles de Teddy ? Je te lâche pas ça parce que t'es calé en face de moi. Non, ma parole ! Je te respecte grave. T'es le roi, ici. On bosse pour toi, pour le royaume. Lui, il avait rien compris. En fait, je te dis sincèrement Teddy, il me gavait. Valentin lui a demandé comment il comptait s'y prendre. Comment il avait convaincu une meuf comme elle ? Sérieux ? On parle de ta cour là, pas des putes du quartier de la lanterne ! C'est à ce moment qu'il a sorti un papier tout griffonné. Il a pas eu besoin de nous en déclarer plus, nous, on savait tous ce que c'était. Le type lui avait promis les codes. Les codes, putain ! Il trahissait ta confiance en double. Non, c'est chaud, ça se fait pas. C'est grave, ma parole, c'est grave. »

J'ai immédiatement salué son honnêteté et sa déférence, sans oublier de l'interroger sur les raisons qui l'avaient poussé à attendre si longtemps pour m'avertir de la vive exaction commise par son lieutenant. Le petit gars est resté honnête : « Franchement, je te mens pas, Teddy, je lui ai dit d'arrêter ses conneries, direct ! Mais il m'a renvoyé à la case départ aussi sec : "T'es qui, toi ? T'es rien du tout, t'es ce que je veux que tu sois, point ! Si tu l'ouvres, tu retournes au jardin." J'avoue, je me suis écrasé face à ce fils de pute ! C'est là qu'il a proposé à Jo de l'accompagner. Il allait le former. Soi-disant que lui, il comprenait, qu'il était un *level* au-dessus. C'est clair, ils se sont bien compris. Le mec au *shotgun* leur a niqué leur mère ! »

Pour être tout à fait franc, j'ai un peu hésité sur le traitement que je souhaitais accorder à ce gosse qui venait de cracher sur sa hiérarchie sans apporter de véritables preuves. Mais le petit avait eu du cran, il n'avait pas essayé de m'impressionner, il m'avait juste fait part de son agacement. Idriss avait d'ailleurs été plutôt malin. Attendre la mort de Nathan pour me parler lui avait évité de passer pour une balance aux yeux des autres. Il avait même fait une pierre, deux coups. Nathan n'était pas très apprécié et toutes les fautes lui retombaient dessus, ce qui protégeait de fait le groupe en mauvaise posture.

Je disposais désormais d'une vue plus globale de la situation. J'ai demandé au gamin d'aller chercher ma voiture, avant de choper Vince entre quatre yeux pour lui remettre les pendules à l'heure. Cependant, j'ai insisté davantage sur les directives que sur des remontrances trop appuyées. Je l'ai invité à contacter les lieutenants des autres quartiers, ainsi que l'ensemble des postes de garde, puis je lui ai ordonné de constituer une équipe et patienter jusqu'à ce que je revienne avec Etan.

Je savais parfaitement où se trouvait mon frère, le lieu où il passait le plus clair de son temps, un ancien jardin public que les marmots squattaient après l'école ; je mettais un point d'honneur à éduquer notre jeune génération. À cette heure-là, l'endroit était désert. Etan était planté sur le même banc défraîchi que tous les jours. Son regard fixait les jeux immobiles, la poussière virevoltante et les herbes vivaces ; son corps n'existait qu'à travers des gestes minimes : porter à ses lèvres gercées les gorgées d'alcool mal filtré et cracher sa salive visqueuse chargée d'amertume.

Je me suis approché pour m'asseoir à ses côtés. Il a tourné la tête et a soufflé, avant de me demander ce que je voulais. Je lui ai simplement dit qu'Ashâ s'était refait la malle. Bien sûr, il a ricané. Ashâ symbolisait tout ce qui l'agaçait. Pas chez une femme, mais chez moi.

« Quand est-ce que tu vas la lâcher ? Elle t'a pas assez manipulé ?

— Je sais ce que je fais. Ne t'en fais pas pour moi.

— Elle te pousse à faire des conneries, t'as pas besoin d'elle, putain ! Elles font la queue devant ta porte, pourquoi tu t'emmerdes avec cette meuf ?

— Ça n'a rien à voir avec ça. C'est une question de respect et d'autorité. Si chacun fait ce qu'il veut, entre et sort comme dans un moulin, tout ça ne tient plus.

— Arrête avec ton baratin ! Tu peux servir ton délire de royauté à tout le monde, mais pas à moi ! Je suis ton frère, pas ton valet.

— Calme-toi. On était d'accord, non ? "Un chef et ses généraux." Les gens ont besoin de repères, d'un truc auquel se raccrocher, c'est en ça que le royaume est utile. »

J'étais aveugle, je le reconnais. Je refusais d'admettre la réalité qu'Etan m'avait jetée à la tronche. Je m'étais fondu dans mon personnage au point de m'y perdre complètement. « Fais-moi confiance, mon rôle c'est de penser », ai-je rétorqué, avant qu'il n'achève ma phrase : « et le mien c'est de cogner ! » Il était sincère, il n'en est d'ailleurs pas resté à ça : « Un bon général ne remet pas en question les directives de son roi, c'est ça ? Non ? »

Je n'avais pas l'intention de le convaincre du contraire, l'ivresse et le ressentiment enveloppaient son âme déchirée d'une pellicule de rancœur si épaisse et âpre que toutes tentatives eurent été veines. Je l'ai simplement invité à me suivre.

Nous sommes passés par le centre, là où la ville était la plus active, le cœur du royaume. Les gens y effectuaient leurs tâches quotidiennes. Une population de travailleurs et de travailleuses heureuse de participer à la renaissance d'une société en perdition. Ainsi s'évertuaient les cordonniers et cordonnières, qui rafistolaient les chaussures abîmées ; les forgerons et forgeronnes, qui métamorphosaient les déchets de l'ancien monde en objets essentiels ; les maraîchers et maraîchères, qui cultivaient les jardins et les terres oubliés, mais aussi les comptables, les restaurateurs et restauratrices, les blanchisseurs et blanchisseuses, les médecins, les infirmiers et infirmières, et bien sûr les instituteurs et institutrices ; tous pratiquaient un métier, excepté que contrairement à l'exercice des années passées mes citoyens servaient l'utilité, pas la futilité. Tous s'employaient à faire prospérer cette cité née des cendres de l'ineptie, qui autrefois avait érigé les plus inaptes au rang de souverains en les encourageant à se rémunérer sur les plus pauvres, à piller les ressources naturelles de la planète et à brûler à petit feu notre essence. Au contraire de ce que croyait Etan, ces personnes ne remettaient pas en cause mon statut et mes privilèges, car en bon roi du XXIe siècle, je saluais mes sujets et leur accordais ma considération, je les nommais par leurs prénoms et les invitais à procéder de même en retour, je connaissais leurs origines et leurs parcours, je leur offrais ce que nul n'avait été capable de leur donner : du sens. Cette population n'avait pas le sentiment d'œuvrer pour moi, mais pour elle. Je la guidais simplement vers un avenir meilleur et la protégeais du recommencement dissimulé derrière nos portes, tapi dans l'ombre de nos anciennes vies. Avec son soutien, j'agissais en vase clos pour irradier le monde de ma puissance ; un quartier après l'autre ; une ville après l'autre ; un pays après l'autre, telle était ma vision aussi naïve qu'absurde.

« Tu t'imagines quoi ? Que ces gens t'admirent ? m'a lancé Etan, en brisant le fil de mes pensées glorieuses.

— Grâce à nous, ils participent à un projet.

— Quel projet ? Satisfaire ta mégalomanie.

— Bâtir un monde nouveau. »

Évidemment, Etan a éclaté de rire. C'est sans doute ce que je ferai aujourd'hui. Je me demande parfois si je croyais vraiment à tout ça. Il m'arrive de le penser. Au départ, je voulais surtout pisser plus haut que les autres, mais j'ai fini par me sentir investi d'une mission. Sauver le monde me semblait un objectif plus digne de mon titre que gérer une cité abandonnée par les trois-quarts de ses habitants.

Je n'ai pas relancé la discussion. Pour celui que j'étais, Etan ne pouvait pas comprendre, sa vision étriquée par l'alcool et sa petitesse d'esprit l'empêchait de mesurer l'ampleur de mes ambitions. Nous avons finalement rejoint le convoi qui nous attendait pour partir. La carrosserie de ma voiture brillait sous un soleil étincelant. J'ai invité Etan à m'accompagner et j'ai demandé à Vince de nous conduire jusqu'au lieu où, la veille, Ashâ avait décidé de déstabiliser l'ordre de mes plans.

ALEX
VIVONS BIEN, VIVONS CACHÉS

Le simple fait d'avoir revu mon journal m'avait transporté plusieurs années en arrière. Le grain du papier, sa teinte passée, son parfum suranné ; j'y avais empilé différentes époques de ma vie et il m'était apparu impossible de l'abandonner. Non pas que ce bloc monolithique d'impressions superposées constituait un témoignage d'un intérêt suffisant pour les générations à venir, mais parce qu'il conservait le souvenir de ceux auxquels j'avais renoncé. J'étais un lâche, je l'avais toujours été et j'avais besoin de me le rappeler. La preuve, mon dernier acte de bravoure m'avait mené là où j'étais, autrement dit, dans la merde.

Je marchais un ou deux mètres en arrière et tentais de suivre le rythme qu'imposait Ashâ au groupe. J'avais de plus en plus mal et n'essayais pas de faire bonne figure. Je ronchonnais allègrement sans m'adresser à quelqu'un en particulier ; agacer ma propre personne me suffisait. Ainsi, à part à nous-mêmes, nous ne parlions pas, car désormais chacun mesurait la gravité de la situation. J'observai mes deux nouveaux compagnons de marche, Roméo et Rodolphe. Avec de la chance, le couple s'en sortirait en faisant profil bas. J'ignorais si le grand gaillard avait l'habitude d'exploser la tête de ses congénères, toutefois si l'on mettait de côté les séquelles psychologiques – que nous étions de toute façon nombreux à supporter depuis quelques années –, rien ne devait les relier aux corps qui gisaient au milieu des restes du 44 (taille ou numéro de rue, ça ne changeait plus rien). En revanche, pour Ashâ et moi, l'affaire sentait davantage le moisi que la rosée du matin. Nous n'avions plus deux cadavres sur les bras, mais quatre et si nous continuions à cette allure, la colère de Teddy risquait d'être exponentielle elle aussi.

Au bout d'une bonne demi-heure de marche pénible – du moins en ce qui me concernait –, nous arrivâmes chez Roméo et Rodolphe : une maison individuelle nichée dans son écrin de verdure aurait certainement noté une agence immobilière digne de ce nom. Nous nous empressâmes d'entrer. Je constatai immédiatement le contraste avec mon appartement, et ce, même avant le passage remarqué de la garde de Teddy. Non seulement tout semblait propre et rangé, mais j'eus aussitôt l'impression d'être téléporté dans une autre époque. Une période où l'on pressait le bouton de sa télévision pour regarder une série, où l'on ouvrait son placard pour bouffer tout ce qu'on y trouvait et où l'on tournait un robinet pour profiter d'un bain bouillonnant, chaud à vous faire rougir les pores de la peau. Une fois la porte passée, rien ne laissait songer que l'horloge de notre joli monde consumériste s'était arrêtée.

Je m'apprêtai à avancer quand Rodolphe me rappela à l'ordre : « Essuie tes pieds, s'il te plaît. » Essuie tes pieds ? Cette coutume se pratiquait donc encore. De toute évidence, j'étais resté seul trop longtemps. Je m'exécutai et demandai s'il préférait que j'ôte mes chaussures. Rodolphe se contenta de me dépasser en haussant les sourcils.

Nous quittâmes le vaste couloir et progressâmes dans la belle demeure, car il fallait bien l'appeler ainsi. En d'autres temps, j'aurais dit que ça sentait le fric. Pas un fric ostentatoire. Plutôt un fric charmant et douillet, genre campagne chic ou ancien atelier rénové. En gros, ça humait bon le bois brut et les carreaux de ciment ; le fer forgé et le verre sablé.

Je traversai la cuisine en boitant et m'approchai de la verrière, dont les arêtes de métal noir encadraient des vitres immaculées. Je portai mon regard vers l'extérieur florissant. Les dalles de pierres cabossées de la terrasse jouaient avec la terre et la mousse, et s'échouaient avec une heureuse maladresse dans un jardin arboré. Petit à petit, mon cynisme naturel laissa place à la nostalgie des heures oubliées. Je repensai aux vacances en famille, à mes grands-parents, à mes parents, à ma sœur, bref, à la vie d'avant. Bien sûr, je n'avais jamais vécu dans un tel endroit. Trop de matières nobles, trop de bon goût. Chez moi, nous étions plus du genre consommation de masse : courses au supermarché, meubles Ikea et télévision ultra HD commandée sur internet. Cette jolie chaumière revêtait des allures d'idéal disparu, tous les attributs d'une photo figée sur Instagram ou Pinterest adoubée à coup de « Like » et de GIF clignotants, pouces en l'air et applaudissements. Ces termes désuets, autrefois porte-étendard de la modernité, étirèrent mes pensées vers ses pires contradictions. Je regrettais soudain ce passé qui incarnait pourtant tout ce qui nous avait conduits à ce présent perdu.

« On ne peut pas rester là, m'avertit Rodolphe, on ignore qui peut débarquer. Personne n'est à l'abri pour l'instant. » Le maître de maison avait raison, on ne pouvait pas s'attarder ici. Or, où devions-nous aller ? Ma jambe me faisait de plus en plus mal et je rêvais de m'étendre dans le large canapé du séjour ou mieux dans une des chambres « *so cocoon !* » qui occupaient probablement l'étage.

Roméo s'éclipsa et Rodolphe nous invita à le suivre. Nous traversâmes un long couloir décoré de tableaux et de photographies. J'y retrouvai un Rodolphe moins ridé et préoccupé. Parfois au bord d'une piscine, parfois à la plage, un cocktail à la main, une autre fois entouré d'amis réjouis. Je remarquai également qu'une jeune femme accompagnait régulièrement notre propriétaire et celle-ci ne ressemblait pas du tout à Roméo. « C'est pas un peu grand pour vous deux ? » lui demandai-je alors que nous découvrions l'immensité des lieux. Ashâ moqua ma curiosité en silence, ce qui n'empêcha pas Rodolphe de me répondre : « Ça n'est pas la place qui manque, de nombreuses maisons sont abandonnées dans le coin. Je ne vois pas l'intérêt d'aller se tasser dans le centre avec les autres et encore moins de continuer à squatter un appartement miteux. » Je perçus une pointe de taquinerie, mais j'enchaînai : « Vous habitez ici depuis longtemps ?

— Depuis vingt ans, en ce qui me concerne. J'ai acheté cette maison où j'y ai vécu une autre vie. Roméo m'a rejoint bien plus tard.

— Ça ne devait pas être donné à l'époque. »

Cette fois, Ashâ ne se contenta pas d'exprimer son mécontentement pacifiquement, je sentis son coude et toute son exaspération pulvériser mes côtes.

« Ce n'est rien, ces questions ne me gênent pas. J'ai monté

mon propre cabinet d'architecture assez jeune. J'ai pensé et rénové moi-même cet endroit. Je n'ai jamais eu honte de ce que je possédais. Je n'étais pas un modèle sur tout, mais je faisais attention, c'est d'ailleurs pour cette raison que cette demeure est complètement autonome en eau et en électricité. » Sur ces mots, Rodolphe se figea face à une porte à moitié décapée. « Il y a quelques marches à descendre. Ça va aller ? » me demanda-t-il, prévenant ou narquois, je lui accordai le bénéfice du doute.

Je répondis par l'affirmative et nous nous engageâmes dans l'escalier exigu qui conduisait vraisemblablement à une cave. L'éclairage qui accompagnait notre déplacement confirmait les propos de Rodolphe. Nous arrivâmes dans une large pièce bétonnée. Le plafond était bas. De vieux vêtements, quelques outils rouillés, une grande armoire assez moche, un canapé presque aussi nase que le mien, des bocaux vides et pleins, et une collection impressionnante de bouteilles dont je me serais fait un plaisir d'en vérifier les qualités gustatives y étaient entreposés. « Merci les gars. », lança Ashâ, plus naïvement que je ne l'aurais imaginé. Évidemment, je ne me tus pas : « Merci ? Qu'est-ce que vous croyez ? Qu'on soit ici ou en haut, ça change quoi ? Si Teddy se pointe, on est fichus, on n'a aucune échappatoire. Quitte à crever, j'aime autant que ça soit dans un lit moelleux avec une fenêtre pour admirer mon dernier soleil couchant. » Pour une fois, ma réflexion ne tomba pas dans l'oreille d'une sourde : « Alex n'a peut-être pas tort », admit Ashâ. J'avais même franchement raison. Qu'est-ce qu'on pouvait faire à part se planquer derrière des jeans troués et des pulls bariolés ? Resté dans cette cave, c'était jouer à pile ou face avec nos vies et je n'étais pas d'humeur joueuse. « Ne vous inquiétez pas. », nous rassura Rodolphe en coupant court à nos interrogations. Il s'avança vers l'armoire et l'ouvrit avant de nous inviter à nous approcher. C'est cet instant que je choisis pour manifester mon énervement : « On joue à quoi là ? C'est quoi l'idée ? Nous coller là-dedans en cas de problème ? À moins qu'un faune nous attende pour partir en balade avec le père Noël, c'est ça ?

— Qu'est-ce que tu racontes ? T'as de la fièvre ? Tu délires ? me jeta Ashâ, un peu désarçonnée par ma culture enfantine.

— Ton ami fait référence à un livre.

— OK, bon. Qu'est-ce qui se cache à l'intérieur ? demanda Ashâ, qui commençait à s'impatienter elle aussi. »

Rodolphe trifouilla dans le meuble rempli de manteaux et disparut. Ashâ le suivit, je leur emboîtai le pas à mon tour.

Le bahut dissimulait un passage qui conduisait à une pièce beaucoup plus grande. Manifestement, Rodolphe faisait partie de ces survivalistes préparés à l'effondrement. En tout cas, le monsieur s'était aménagé une *Panic Room* digne de ce nom. L'ensemble était décoré moins chichement que le reste de la maison, mais disposait du nécessaire pour y vivre pendant des mois sans que personne soit au courant de notre existence. Deux lits superposés et une cabine de douche occupaient le mur du fond, j'observai également un espace pour cuisiner, de nombreux rangements et des étagères pleines de livres. Je relevai même des toilettes isolées dont j'ignorais pour l'instant si elles fonctionnaient. Bien sûr, aucune fenêtre n'offrait de vue sur l'extérieur, un système d'aération brassait l'air et empêchait toute sensation oppressante.

Je m'apprêtais à demander à Rodolphe le montant du loyer et de la caution quand celui-ci se dirigea vers un placard et en sortit des bandages, du coton et une solution désinfectante. « On dirait que t'avais un peu senti la merde arriver en achetant cette baraque, lui fis-je remarquer pendant qu'il me confiait le nécessaire pour me soigner.

— Je suis plus du genre à prévenir que guérir, me répondit-il en regardant ma jambe. »

Cette fois, Ashâ pouvait le remercier. Nous étions confinés sans possibilités de nous enfuir, par chance dans un lieu que Teddy risquait moins de repérer ; excepté si nos hôtes lâchaient le morceau. J'espérais simplement qu'en cas de phase critique Roméo et Rodolphe resteraient silencieux, y compris avec un fer à souder sous les couilles, ce qui était moins certain. Quoi qu'il en soit, j'avais un matelas et un oreiller à disposition et ça, pour l'heure, ça n'avait pas de prix.

Rodolphe quitta la pièce. Je me retrouvai de nouveau seul avec Ashâ. Je baissai mon pantalon en grimaçant ; mes chairs abîmées collaient au tissu poisseux. Je m'assis ensuite sur le bord du lit et commençai à badigeonner ma plaie que je n'avais pas encore nettoyée. Ma jambe était bien entaillée, mais ne saignait plus. « Attends, m'interrompit-elle. Laisse-moi t'aider. » Je ne cherchai pas à contredire ce soudain accès altruiste. Ashâ attrapa un morceau de coton et le passa délicatement sur la blessure avant d'enrouler le bandage autour de mon mollet. « Voilà. Ça devrait aller mieux maintenant.

— Merci, lui dis-je, penaud »

Elle se redressa et rangea le matériel dans le meuble. « Tiens ! ajouta-t-elle en me jetant un flacon rempli de cachets de paracétamol. Ça calmera la douleur.

— Tu es bien gentille d'un seul coup.

— On ne restera pas ici très longtemps, repose-toi. »

Je suivis les conseils de mon infirmière. Je m'allongeai sur le lit et remontai la couverture sur mes épaules, puis m'endormis comme un bébé.

ASHA
QUAND SON MONDE S'EST EFFONDRÉ

Alex dort. Il a fermé les yeux et s'est envolé loin d'ici. Les rêves possèdent cette vertu, tu relâches les paupières et tout est permis. Plus de barrières, plus de barreaux, plus de barricades ; juste une infinité de possibilités sans limites. Je me retrouve une fois de plus à l'étroit contrainte et forcée. Le temps s'épaissit en captivité. Sa masse visqueuse t'enroule et te retient. Moi, j'aimerais qu'elle fonde comme la neige au retour du soleil et s'évapore pour me laisser fuir. Peu importe la place que l'on m'accorde, celle-ci n'a de sens que si les portes sont ouvertes. Je veux respirer l'air de la liberté, être l'unique souveraine de mon existence.

Je sais que je devrais me reposer, malheureusement je n'y arrive pas. Je n'arrête pas de cogiter. Parfois, je désirerais être comme toi Alex, oublier les coups du sort et m'en accommoder. J'ignore si c'est ce que tu penses, mais c'est ce que tu dégages. Comment t'as pu rester si longtemps ici ? Pourquoi ? Qu'est-ce qui t'a retenu ? Tu n'as pas de famille, pas d'amis – du moins, je n'en ai pas l'impression. Tu vis seul sans confort. Quelle est ta prison ? Tu caches peut-être une partie des réponses dans ton journal. Tu ne me reprocheras pas d'y jeter à nouveau un œil ?

De toute façon, tu n'en sauras rien.

J'attrape ton sac et sors *ta bible* ; il faut le vouloir pour transporter un truc aussi lourd. On peut dire que ton passé pèse sur tes épaules au sens propre. Je me demande quel genre de petit garçon tu étais, à quel âge t'es devenu le cynique que tu te forces à être ?

« 12 septembre 2029. C'est l'anniversaire de Louise aujourd'hui. 13 ans. J'accepte mal qu'elle grandisse, ces gars qui s'approchent d'elle ; ça me rend dingue ! Surtout quand je la vois sourire comme une conne ! J'ai envie de la coller dans sa chambre et lui refiler ses Barbies entre les mains. Ça me soule ! »

Ah ! Les mecs ! Vous ne nous comprendrez jamais. Nous ne sommes ni vos choses ni vos objets.

« 10 mars 2030. C'est chaud de cibler ce qu'on veut faire dans la vie. Mon père me dit que c'est important ; je ne sais pas si c'est lui qu'il tente de convaincre ou si c'est moi. À quoi bon étudier si c'est pour me retrouver seul, sans rien ? Plus de bouffe, plus d'eau, plus d'énergie, plus de taf, voilà ce qui me pend au nez. »

Perspicace. Je me demande si tu te souviens de ça. Je souris, mais ça me file des frissons. Tout le monde voyait le truc arriver et personne ne bougeait ; un troupeau d'autruches, la tête plantée dans un trou. Et moi, j'allais naître un an après. Génération sacrifiée dans un ultime élan vital soi-disant salvateur ;

j'étais surtout une bouche de plus à nourrir, un corps de plus à chauffer, un humain de plus à entretenir. Merci, papa, merci, maman, regardez où l'on en est maintenant.

« 29 août 2031. Premières lignes écrites dans mon propre appart. Mes parents ont insisté pour que je suive mes études ici, même si des centaines de kilomètres nous séparent. Ça ne me dérange pas d'être loin d'eux, j'avais de plus en plus de mal à supporter leur naïveté et leur aveuglement. Je ne sais pas comment je dois leur expliquer. Pourtant, cet été, c'était flag. Tout le mois de juillet a été en restriction d'eau, les robinets ne fonctionnaient plus que deux heures le matin, une heure le midi et trois heures le soir. Les récoltes étaient à privilégier. Si c'était pour nous nourrir, mais non, plus de la moitié sert encore à l'alimentation du bétail. On marche sur la tête! Bien sûr, selon mon père, pas d'inquiétude, un jour tout rentrera dans l'ordre. Au moins, ici, je n'entends plus toutes ces conneries. »

Les gens se sont voilé la face jusqu'au bout, accrochés à leurs petites habitudes comme à un rocher au bord du vide. Ce monde était devenu un château de cartes, lorsque l'une d'elles s'est effondrée, tout est tombé.

« 12 octobre 2031. J'ai rencontré une fille aujourd'hui. Maëlys. Elle est cool, je l'aime bien. On a passé une heure à se moquer de nos congénères. Entre les engagés qui pensent encore pouvoir agir et les aveugles qui s'imaginent que notre intelligence supérieure va nous sauver, il y a de quoi s'amuser.

« J'espère la revoir demain, quitte à griller sous un soleil de plomb ou être empoisonné par toutes les saloperies qu'on nous file à bouffer, autant être bien accompagné. »

Je constate que tu n'as pas attendu longtemps pour baisser les bras. Qu'est-ce que tu croyais ? Baiser joyeusement avec ta Maëlys jusqu'à ce que la terre éclate, tout en te foutant de la tronche de tes semblables ? Désolé de te décevoir, le modèle a changé, mais la vie continue.

« 13 octobre 2031. J'ai retrouvé Maëlys aujourd'hui. Putain, ce qu'elle est bonne ! Elle a l'air ouverte, on verra. »

Eh ben, monsieur l'écrivain du dimanche ! Tu te la joues *gentleman*, finalement tu n'étais pas très différent des autres. On dirait que cette meuf ne t'a pas seulement retourné le cerveau.

« 16 novembre 2031. Maëlys est venue chez moi. Cette fille me rend dingue. J'ai du mal à me concentrer sur les cours. La plupart du temps, je divague et laisse mes pensées les plus obscènes rencontrer son image. Je lui ai raconté, j'ai l'impression que ça lui plaît. »

J'ai un peu honte. Je vole ton intimité et viole ton histoire, pourtant, je ne peux m'empêcher de continuer.

« 27 décembre 2031. J'ai eu tort de rentrer chez mes parents. Louise a passé son temps le nez fourré dans son téléphone et mon père et ma mère n'ont pas cessé de s'enqueuler. De toute façon, je pensais sans arrêt à Maëlys et aux photos qu'elle m'envoyait. »

Je me demande à quoi elle ressemblait. Ah! Voilà, c'est sûrement elle. Je ne l'imaginais pas comme ça. Pas très différente des poufiasses qui frappent tous les jours à la porte de Teddy.

« 26 mars 2032. J'ai avoué à Maëlys que je l'aimais. Visiblement, c'était une erreur. L'amour est pareil à une laisse pour celui qui tient plus que tout à sa liberté. »

Quel poète! Malheureusement, tu ne croyais pas si bien dire…

« 4 avril 2032. Maëlys m'évite, je le sens. Je suis sûr qu'elle me cache quelque chose. »

Comme si elle te devait quoi que ce soit. Pourquoi les mecs estiment-ils toujours qu'être amoureux ouvre des droits sur l'autre?

« 6 mai 2032. Je me suis promené au parc avec Maëlys. J'ignore si c'est à cause du printemps, mais je l'ai trouvée moins froide. On s'est embrassé et elle m'a invité chez elle. On a baisé et je suis rentré. J'ai marché le long des quais, un sourire béat figé sur les lèvres. Je crois que j'étais heureux. »

Ces instants sont si rares, j'espère que tu en as profité.

« 12 mai 2032. Je n'y comprends rien. Maëlys était tellement différente aujourd'hui. À nouveau, j'ai eu l'impression que je la soulais. Je n'ai pourtant rien fait de particulier. »

Pourquoi tu t'es accroché à cette fille ?

« 27 mai 2032. Maëlys m'a expliqué qu'elle partait à l'étranger. Elle veut voir le monde avant qu'il ne disparaisse. Quand je lui ai demandé si je pouvais l'appeler de temps en temps, elle m'a clairement dit que ça ne servait à rien. J'ai envie d'arracher toutes les pages de ce journal et oublier qu'elle a existé. Je pleure comme une meuf, putain ! Quel naze ! »

T'étais un gros ringard Alex. Qu'est-ce qui te faisait penser qu'on est les seules à chialer ? Les trucs stupides que tu regardais à la télé ou en boucle sur ton *débilophone*. L'amour nous fait tous souffrir, tu sais.

« 5 août 2032. J'ai raté mon année. Pas étonnant. Mes parents m'ont assené leur petit sermon, mais acceptent de continuer à payer mon logement, à condition que je bosse vraiment cette fois. J'ai décidé de m'y mettre, tant pis, si à la fin je me retrouve à la rue parce que le monde s'est effondré, au moins, j'aurai définitivement effacé Maëlys de mon cerveau. »

Cette histoire t'a remis les idées en place, c'est déjà ça. Si seulement Teddy pouvait être aussi sage et m'oublier.

« 14 juillet 2033. Je n'ai rien écrit dans ce journal depuis presque un an. J'avais besoin d'une pause. J'ai validé mon année, champagne! Vite fait... Dehors le tonnerre gronde et ça n'est pas le bruit des feux d'artifice. Les mouvements de grèves s'intensifient, le prix de l'essence s'envole, ça ne sent vraiment pas bon. Je ne sais pas comment tout ça va finir. Je pensais rentrer chez mes parents cet été, mais les billets de train coûtent une fortune ; l'avion, même pas la peine d'y songer. »

Dis-toi que tu pouvais encore te déplacer.

« 18 septembre 2034. Je me demande pourquoi je continue à y croire. À quoi peuvent bien servir ces études? La fac n'a toujours pas ouvert ses portes. J'ai parlé à Louise, papa et maman s'inquiètent à cause des émeutes qui éclatent un peu partout. Je n'ai aucune envie de retourner là-bas, au moins ici, je gère les choses comme je l'entends, je prends mes décisions. Je bosse, j'ai un peu d'argent de côté, je peux me débrouiller. »

« 4 janvier 2035. J'essaie d'appeler mes parents pour la nouvelle année depuis plusieurs jours. Comme si quelqu'un en avait encore quelque chose à foutre, mais bon, je sais que ça leur fait plaisir. J'aimerais surtout avoir de leurs nouvelles. Impossible de joindre Louise non plus. »

« 8 janvier 2035. Ça y est, je les ai au téléphone, les réseaux fonctionnent de nouveau. Ils m'ont demandé de rentrer.

Pour faire quoi? Tourner en rond là-bas plutôt qu'ici. Hors de question! »

« 31 janvier 2035. Ça recommence. Plus d'internet. J'ai acheté une vieille radio à un type qui en vendait à la sauvette. Tout le monde retourne à ce genre de technos moins capricieuses. »

« 17 février 2035. Quatrième jour de black-out. En plus, ça caille sévère. Je me couvre bien. J'ai calfeutré l'appart comme je pouvais. »

« 25 février 2035. La coupure de courant a duré plus d'une semaine. Le nombre de morts est conséquent, le compte n'est pas officiel, mais on parle de plusieurs milliers d'individus, essentiellement des personnes âgées et fragiles. »

La loi du plus fort…

« 4 mars 2035. Louise n'arrête pas de me demander de les rejoindre. Je ne sais pas quoi faire. Apparemment, des mesures seront prises pour forcer un retour à la normale. J'ai des doutes, pourtant, j'ai un peu envie d'y croire. »

« 15 mars 2035. Maëlys est revenue. Je ne m'y attendais pas, elle n'a jamais donné de nouvelles. Elle n'a pas d'endroit où dormir. Je suis sûrement stupide, mais j'ai accepté de l'héberger. Elle est brouillée avec ses parents et n'a nulle part où aller. »

Pourquoi reproduit-on tous les mêmes erreurs ?

« 25 mars 2035. Ce n'est pas si mal de ne plus être seul dans ce genre de situation, même si je dois nourrir deux personnes désormais. Je me débrouille, ça va. Finalement, tout le monde s'habitue. »

« 24 avril 2035. J'ai lâché définitivement les études. De toute façon, entre les grèves, les blocages et les émeutes, ça n'était pas facile. Maintenant, ce qui compte, c'est vivre. »

Tu voulais dire : survivre. Non ?

« 7 mai 2035. Les coupures recommencent. Tout est en train de repartir en live. Les gens deviennent agressifs. Ce matin, j'ai vu deux couples s'écharper pour du lait en poudre et des couches. Les rayons sont vides. Ça va vraiment péter. »

« 27 mai 2035. La chaleur est insupportable. Maëlys est nue en face de moi, elle fume une cigarette à la fenêtre. Ses clopes nous coûtent une fortune, même au marché noir. Mais bon, difficile de la raisonner. »

Putain ! Mais tu ne pouvais pas la foutre dehors cette connasse !

« 16 juillet 2035. Louise m'a appelé hier. On a réinstallé nos lignes fixes, pour l'instant elles fonctionnent. Elle me supplie de revenir, apparemment ça se passe mal. Papa veut rester, mais maman préfère partir chez ses parents. Ils habitent à la campagne, ça lui semble plus sûr. Elle a probablement raison. Parfois, je pense à rentrer, mais je n'ai pas envie de laisser Maëlys… »

Tu me désespères…

« 7 août 2035. Ma mère a convaincu mon père. Comme quoi, il n'est pas si buté… Du coup, ça les éloigne encore un peu plus de moi. Ils ont tout vendu pour se payer un van et l'essence pour aller jusque là-bas. J'espère qu'il ne leur arrivera rien. »

« 22 août 2035. Louise a réussi à m'envoyer un message. L'arrivée ne s'est pas bien passée. Des étrangers se sont installés chez mes grands-parents. Du moins, c'est ce que j'ai compris. J'en ai parlé à Maëlys. "Ils sont grands, ils se débrouilleront. C'est eux qui ont choisi d'avoir un gosse, pas l'inverse." C'est tout ce qu'elle m'a répondu. Je me sens coupable, mais elle n'a pas tort, je ferais quoi de plus ? »

T'es pas sérieux, là ? T'aurais fait quoi de plus ? Tu les aurais aidés, non ? C'est pas si mal quand même !

« 7 septembre 2035. La chaleur est écrasante. Les vols et les agressions sont de plus en plus fréquents. Heureusement, tout le monde n'est pas comme ça, certains montent des chaînes d'entraide et de solidarité. Je dis ça, mais je n'y participe pas, j'ai déjà du mal à joindre les deux bouts, surtout avec Maëlys qui ne fait pas très attention. »

Putain ! Celle-là, si je l'avais en face de moi !

« 23 septembre 2035. J'ai envie de tout fracasser. J'ai surpris Maëlys avec un type aujourd'hui. Évidemment, elle ne s'est pas démontée : "Tout se barre en couille et toi tu ne penses qu'à ta petite propriété ? Je suis pas ta chose Alex." Ce que je peux être con, j'aurais dû lui dire de partir, mais je n'ai même pas su ! »

« 24 septembre 2035. On s'est réconcilié sur l'oreiller, comme on dit. Je n'arrive pas à imaginer me priver à nouveau d'elle. »

Je crois que c'est toi que je vais baffer, en fait ; heureusement que tu es en train de dormir.

« 5 novembre 2035. Le froid revient, l'électricité est intermittente, disponible uniquement durant certains créneaux horaires. On se débrouille, ça passe. Maëlys s'est décidée à prendre un boulot de serveuse dans un bar pas très loin. Les gens ont d'autant plus envie de picoler quand tout brûle autour d'eux. De mon côté, j'ai chopé un job de manutentionnaire, ça réchauffe, c'est déjà ça. »

« 27 novembre 2035. Ma sœur m'a envoyé une lettre. Je l'ai reçue hier, mais le cachet indique qu'elle l'a postée il y a presque deux mois. Les choses ont fini par s'arranger, les voisins sont intervenus. Mes grands-parents ont récupéré leur maison. Louise n'y restera pas. Apparemment, elle a rencontré une fille qui appartient à une communauté. Elle pense qu'ils partiront bientôt, mais elle ignore où. Je ne sais pas si mes parents l'ont laissée faire. »

« 9 décembre 2035. Aujourd'hui, le téléphone fonctionnait. J'ai essayé de contacter papi et mamie, malheureusement, la ligne ne semblait pas active. J'espère que tout va bien. Tous les jours, je me dis que je pourrais aller là-bas, mais ça veut dire aussi dépenser beaucoup d'argent dans le voyage ; or c'est déjà suffisamment compliqué comme ça. »

Pourquoi t'as rien fait ? J'imagine que c'était dur, mais pourquoi tu n'as rien fait ?

« 3 janvier 2036. Ma mère m'a appelé. Je ne sais pas depuis combien de temps je ne lui avais pas parlé. Elle m'a expliqué qu'elle était obligée de se rendre au village pour téléphoner, chez eux, c'est impossible désormais. Je dois avouer que j'ai versé ma petite larme en l'entendant, surtout quand elle m'a annoncé que mon père était malade. Ils ignorent de quoi il souffre, mais le médecin a préconisé de l'hospitaliser. Malheureusement, les listes d'attentes sont longues. Elle m'a demandé si j'avais l'intention de venir, j'ai répondu que j'attendais de savoir où il serait transporté. »

Tu les as abandonnés, hein ? C'est ça ?

« 9 janvier 2036. Nouveau black-out. Cette fois, plus rien ne fonctionne. Certains disent que c'est la fin. Je crains qu'ils aient raison. »

« 22 janvier 2036. La situation ne s'arrange pas. On a froid et faim. Le pays est à l'arrêt. Les nouvelles se passent par le bouche-à-oreille et elles ne sont pas bonnes. J'ai peur pour mon père. Je pourrais éventuellement dénicher un vélo et tenter de m'y rendre, mais je risque de mettre des jours sans même être sûr qu'il soit toujours là-bas. Avec de la chance, un hôpital l'a accepté. »

« 14 février 2036. Maëlys m'a reproché de ne pas avoir pensé à elle, ne serait-ce qu'une petite attention. Elle est sérieuse ? C'est une blague ? On n'a rien à bouffer et elle me parle de cette foutue fête de la Saint-Valentin. J'ai dû rater un truc là. »

« 17 février 2036. Maëlys s'est tirée. Elle m'a laissé un mot. Elle a trouvé un mec capable de prendre les choses en main. Ce que j'ai pu être stupide ! »

Putain, c'est pas trop tôt ! Remarque, cette garce n'a pas toujours eu tort, pourquoi tu n'as pas agi davantage ?

« 10 avril 2036. Je me démerde. Tout le monde se démerde. Heureusement, le froid s'estompe et ça n'est pas si mal d'être seul finalement. »

« 22 mai 2036. Je ne bosse plus du tout. J'erre dans les rues et je lis. La bibliothèque est en accès libre alors chacun se sert, inutile de préciser que les bouquins ne reviennent jamais. Pour la bouffe, je fais comme je peux. Je fouine à droite à gauche. J'ai encore un peu de thunes, ça passe. Je sais que je devrais profiter des beaux jours pour essayer de rejoindre mes parents. Mais si j'arrive là-bas et qu'ils n'y sont plus, j'aurais parcouru tout ce chemin pour rien. Ici, je dispose d'un logement assuré ; le propriétaire ne me réclame plus de loyers depuis longtemps. J'aurais souhaité les revoir une dernière fois, leur parler, leur dire que je les ai aimés, même si je ne le leur ai pas suffisamment montré, malheureusement. J'ai peur que tout ça ne se produise jamais. »

Mes yeux sont humides, mon cœur serré dans ma poitrine en feu. Je replace ta petite existence minable au fond de ton sac de souvenirs déchirés. Je songe à ma destinée malmenée, à mes parents tués. J'ai envie de te juger, penser que tu devrais avoir honte, pourtant combien auraient agi différemment ?

TEDDY
UN CADAVRE DANS LES DÉCOMBRES

Nous sommes arrivés rapidement sur les lieux où la veille mes proches m'avaient trahi. Ashâ, poussée par sa soif de liberté ; Nathan, excité à l'idée de satisfaire son ego et calmer son tumulte hormonal et Jo, embarqué par sa naïveté et un chef apparemment pas à sa place.

J'ai ouvert la portière et je suis descendu de mon véhicule. Les pollens animés par une brise tiède dansaient sur le bitume fissuré tandis que les feuillages des arbres environnants chantaient les louanges d'un printemps déjà bien installé. J'ai levé la tête, le soleil brillait d'un éclat intense m'obligeant à ajuster ma casquette pour protéger mes yeux et pouvoir observer les alentours. Le quartier ne possédait rien d'attrayant. Les façades décrépies tombaient en lambeaux, de nombreuses fenêtres étaient brisées et la plupart des anciens commerces avaient été saccagés ; des méfaits survenus pour l'essentiel plusieurs années avant que je ne prenne possession de la ville. Pourtant, la population de désœuvrés qui hantait ces coins continuait de les visiter. Ceux-ci espéraient toujours dénicher de quoi manger (en général, ça n'arrivait pas) ou simplement trouver du matériel utile à leur quotidien misérable ou pouvant servir de monnaie d'échange. Évidemment, je n'apprenais pas ce jour-là que certains de mes citoyens habitaient encore ces endroits préférés des squatteurs et des marginaux. Ces gens s'imaginaient libres en vivant ainsi, ils étaient surtout prisonniers de leur indigence, car je ne leur courais pas après. Bien sûr, ils étaient soumis aux mêmes règles que leurs concitoyens, cependant, ils se punissaient seuls ; aucun d'entre eux ne bénéficiait de ce qui était mis en place par et pour la collectivité. Ces personnes étaient condamnées à errer dans les quartiers en friche, abandonnés depuis des années. Toutefois, sans le savoir, ces miséreux servaient mon projet. Ils déblayaient la ville et ôtaient le pain de la bouche des rats et des nuisibles qui proliféraient moins vite. Leur existence symbolisait également quelque chose d'essentiel : toute cité a besoin de ses pauvres, sinon, comment voulez-vous que les autres se sentent riches ?

Je me suis adossé à ma voiture et j'ai attendu que les gars fouillent les alentours, car nous ne disposions toujours d'aucune trace de Fred et Valentin. L'heure n'était pas à la détente, pourtant, malgré les relents nauséabonds émanant de la décharge installée à quelques mètres, j'appréciais ces quelques minutes où les rayons du soleil réchauffaient mon visage et traversaient mes paupières closes. J'ai entendu aussitôt Etan traîner les pieds jusqu'à un amas de gravats ; le son du liquide enfermé dans sa bouteille à moitié vide m'évoquait le clapotis de l'eau engouffrée au creux des rochers. Quelques cailloux ont roulé lorsqu'il s'est assis. J'ai ouvert les yeux et je l'ai regardé porter le goulot à sa bouche. Il m'a aperçu et a détourné le regard. À cet instant, Noémie, la seule femme du groupe s'est mise à crier pour nous avertir qu'elle avait trouvé quelque chose. J'ai quitté ma position et je me suis dirigé vers elle, tandis que ma troupe m'a dépassé en se précipitant, plus pour me prouver son investissement que par réel entrain.

Elle nous attendait à l'entrée d'un ancien magasin de vêtements. En observant l'enseigne, je me suis souvenu y avoir accompagné ma mère lorsque j'étais encore gamin. Je me suis avancé. Le corps gisait à ses pieds. Elle m'a immédiatement certifié que c'était Valentin. En réalité, elle devait bien connaître ses habitudes vestimentaires pour pouvoir l'identifier. Le jeunot était allongé face contre terre, la tête transpercée par une balle expédiée à bout portant. Celle-ci lui avait éclaté la cervelle et détruit le visage en ressortant, le rendant méconnaissable.

Je retenais deux choses de ce désastre : d'abord, qu'il était temps d'engager un grand ménage dans le royaume – des armes à feu restaient en circulation alors que celles-ci n'étaient réservées qu'à mes lieutenants et leurs équipes –, ensuite, que je devais également procéder au même nettoyage au sein de ma garde – désinvolture et amateurisme régnaient depuis trop longtemps dans mes rangs.

Vince se tenait à côté de moi, les yeux plantés dans le sol. Il espérait sans doute y puiser quelque chose lui permettant d'éponger une partie de la bêtise qui dégoulinait de son crâne chauve. Il a balbutié deux ou trois mots d'excuse : « Je suis désolé, Teddy, ça ne devait pas se passer comme… » Mon frère l'a attrapé par le col et a soulevé ses quatre-vingt-dix kilos de stupidité. Le gros gaillard suffoquait et couinait comme un goret, quand on nous a signalé qu'un autre corps était étendu parmi les décombres, un peu plus loin. Etan a tourné la tête sans lâcher sa proie. Par chance pour Vince, la personne s'est relevée, aidée par ses compagnons. C'était Fred, couvert de poussière, la tronche ensanglantée. Il tenait à peine debout et avait davantage l'allure d'un zombie sorti de terre que d'un gardien du royaume.

Etan a abandonné Vince, qui est tombé au sol, à demi asphyxié, et lui a assuré très vite revenir s'occuper de lui. Celui-ci n'a pas bougé et s'est contenté de nous regarder nous approcher de Fred. L'homme titubait, mais semblait en état de répondre à mes questions. J'ai ordonné qu'on lui apporte de l'eau qu'on lui a versée directement dans son gosier asséché. Je l'ai ensuite interrogé sur ce qui s'était produit. Il s'exprimait difficilement, l'ensemble était confus. Il avait surpris un gars bizarre, qui cherchait soi-disant des fringues avant de sentir un truc lourd s'abattre sur son crâne. Fred avait repris connaissance quelques minutes plus tard. Sa tête lui faisait horriblement mal et sa vision était troublée, cependant il avait réussi à identifier trois personnes debout au bord de la vitrine brisée ; tous armés. L'inconnu qu'il avait interpellé juste avant semblait énervé et n'arrêtait pas de raconter devoir retourner chez lui pour récupérer un objet important. « À qui expliquait-il ça ? ai-je demandé.

— Ashâ, je suis sûr que c'était Ashâ.

— Et le troisième ?

— Je crois qu'elle s'adressait à un type qui s'appelait Rod quelque chose…

— Rodolphe ?

— Oui, c'est ça. »

Roméo et Rodolphe. Je savais qu'Ashâ les côtoyait depuis longtemps. Deux individus discrets. Ils vivaient dans une grande maison excentrée tout en contribuant honnêtement à la communauté en apportant des légumes et des fruits cultivés dans leur jardin. Le couple participait également aux travaux d'intérêts généraux. Comme de tout temps, les gays n'étaient pas les plus acceptés, même si j'insistais pour que chacun ait sa place tant qu'il œuvrait pour le bien commun. Je n'étais pas pour autant naïf, je ne pouvais pas qualifier ma garde de particulièrement tolérante sur ce point, cependant le message était passé.

La dette des deux hommes était faible, car ils donnaient plus qu'ils ne recevaient. Toutefois, si les faits étaient avérés, celle-ci risquait de s'alourdir ; on ne tuait pas impunément au sein du royaume, a fortiori, l'un de mes soldats, aussi stupide fût-il.

J'ai demandé à Vince de conduire Fred à l'hôpital. Je disposais d'un système de santé presque autonome, malheureusement, l'approvisionnement en médicament ne présentait rien d'évident. Je devais en importer l'essentiel – nous n'étions pas en mesure d'en produire nous-mêmes –, en revanche, nous jouissions d'un personnel compétent, capable de prendre en charge les problèmes quotidiens et les blessures plus ou moins graves. Évidemment, lorsqu'un cancer ou une tumeur quelconque vous frappez, vous n'aviez plus qu'à vous en remettre à Dieu ou à la chance ; simple question de conviction. Fred avait reçu un très mauvais coup, mais sa vie n'était pas en danger.

Je me suis tourné vers Etan et je lui ai demandé de m'accompagner. « Ce type est une vraie tâche, me confia-t-il en désignant Vince.

— Ce type a été recruté par Nathan, que tu as toi-même recruté.

— Il était différent. C'était un gamin cool autrefois. Le pouvoir lui est monté à la tête.

— Nous devons être plus vigilants sur la sélection.

— Il y a des lustres que je ne sélectionne plus personne. »

Je me suis arrêté de marcher et je me suis placé en face de lui. J'ai plongé mon regard dans ses pupilles dilatés puis j'ai pressé ses épaules, comme l'aurait entrepris un père avec son fils. « J'ai besoin de toi, Etan. Le royaume a besoin de toi. Il faut que tu te reprennes. Tu picoles toute la journée, où tu imagines que ça va te mener ? » Il a détourné les yeux et a ôté mes mains doucement. Mon frère avait baissé les bras depuis trop longtemps, je l'avais vu décrépir petit à petit, sans raison apparente ; du moins, c'était ce que je croyais. Nous étions au sommet de la pyramide, pourtant Etan n'y attachait aucun sens particulier. On peut vous offrir des ponts d'or, si vous ne percevez pas le dessein de votre existence, tout n'est plus qu'une suite d'évènements sans intérêt.

Nous sommes remontés tous les deux dans la voiture. À présent, j'avais une idée plus précise d'où pouvait se cacher Ashâ. La maison de Roméo et Rodolphe n'était pas très loin.

ALEX
10 OCTOBRE 2046

Je me réveillai la gueule enfarinée, étendu dans la pénombre. Une veilleuse installée sur le mur d'en face diffusait une lueur douce et permettait de s'orienter dans le bloc de béton brut aménagé lorsqu'aucun éclairage ne fonctionnait. Je me redressai et constatai qu'Ashâ n'était plus là. « Quelle bonne idée ! pensai-je. Un petit tour à l'étage pour se dégourdir les jambes ! » La demoiselle ne se contentait pas de m'attirer vers une suite de problèmes sans solution, elle cherchait à en rajouter un ou deux, histoire de rayer une bonne fois pour toutes l'espoir de s'en tirer. Inutile de préciser que monter, c'était prendre le risque d'être repéré avant même d'avoir pu tenter notre chance. J'avais décidément bien du mal à la cerner. Je ne la blâmais pas pour autant, je ne cessais de revoir l'instant où j'étais descendu pour m'occuper de ces deux types. Mes souvenirs demeuraient confus, cependant j'étais certain d'une chose : en « sauvant » Ashâ, j'avais modifié le cours de mon existence misérable. Je continuais toutefois de douter des bénéfices engendrés. Certes, j'entrevoyais un caractère plus palpitant à la situation, malgré cela j'étais désormais sans domicile, un sac à dos suffisait pour ranger mes effets personnels et ma vie tenait à un fil aussi fin que le cheveu sec d'un vieillard sénile.

Je repoussai le plaid qui enveloppait mes jambes abîmées et posai le pied à terre. Le sol était froid. Je fouillai mes affaires et en sortis une paire de chaussettes propres. À peu près propres, deux ou trois lessives par an me satisfaisaient amplement. J'attrapai également un pantalon que j'avais emporté et l'enfilai en grimaçant. La température n'était pas trop basse, je plaçai toutefois la couverture sur mes épaules avant d'avancer davantage.

Je pressai l'interrupteur, la lumière révéla mon nouveau logement dans les moindres détails. Rodolphe n'avait pas uniquement pensé l'aspect fonctionnel du lieu, tout était prévu pour s'y sentir bien. Je retrouvai des photographies du couple, une banquette pour s'asseoir et des livres de toutes sortes ; presque autant que de nourriture. Sur le coup, bouffer du papier pour survivre me sembla peu approprié, mais j'admis sans effort qu'un esprit affamé risquait non moins le dépérissement qu'un estomac vide.

Je me laissai tomber sur le divan comme j'avais l'habitude de le faire chez moi. Celui-ci était plus ferme et moins élimé, j'en appréciai malgré tout le confort. Je soupirai et attrapai un bouquin au hasard. « Les 100 meilleurs burgers du monde ! » Je commençai par me moquer – oui, je sais, rien de surprenant. En fait, j'imaginais mal Roméo, de retour du marché, viande hachée bio, fromage au lait cru, tomates et salade fraîche enfouis dans son *tote bag* en coton, prêt à composer un sandwich « *So Brooklyn !* » dans son bunker sans fenêtre. Puis, je tournai les pages et songeai à ces jours où je chassais la culpabilité pour m'empiffrer sans vergogne d'un steak juteux enfermé dans son pain moelleux. Je retrouvai la sensation piquante des piments *jalapeños* et le croustillant des frites de mon adolescence en banlieue. Rodolphe (ou son compagnon) n'avait pas ajouté l'ouvrage dans la bibliothèque en prévision du très appréhendé « Qu'est-ce qu'on mange ce soir ? », mais uniquement pour dévorer un souvenir heureux capable de rassasier leurs âmes tourmentées.

Je reposai le livre et considérai que j'avais probablement oublié de m'occuper de la mienne. Depuis des années, je m'étais contenté de ce que j'avais, de peur de perdre le peu que je possédais. Je survivais au quotidien en me persuadant que seul le pire existait ailleurs ou à défaut : son égal. J'avais toujours pensé que le monde s'était suicidé en se précipitant vers un gouffre sans fond malgré les avertissements répétés. Oui, un jour, le carburant de notre société s'était tari. Je ne parle pas de l'essence autrefois si chère à tous, ni du pétrole et de ses dérivés. Je parle du véritable combustible, celui qui ravissait les plus riches comme les plus pauvres, celui qui offrait à chaque individu l'espoir d'un lendemain meilleur : le fric. Pas le pognon en lui-même, non. Juste son concept ; les chiffres alignés les uns à la suite des autres que chacun consultait sur son *appli* bancaire en se demandant s'ils seraient suffisamment nombreux le mois prochain. Hommes, femmes, grands patrons, ouvriers, chômeurs et j'en passe ! Tous avaient soudain réalisé que seul comptait ce que chacun possédait et était capable de défendre ; autant dire, pas grand-chose… Le logement ? Tant que vous étiez dans les murs ; la voiture ? Inutile sans l'énergie nécessaire à ses déplacements ; le *smartphone* ? Laissez-moi rire ; la télévision ? Si vous aimiez regarder les écrans noirs ; la musique, les films et les séries ? Perdus à jamais dans les disques durs éteints de la Silicon Valley. Rien ! *Nada !* Voilà ce qu'il restait de ce que l'être humain avait mis des milliers d'années à construire. Bon, j'exagère, les immeubles, les maisons, les tas de ferraille et de plastiques, et les déchets nucléaires subsistaient. Alors franchement, pourquoi aurais-je bougé ? J'aurais pu marcher mille kilomètres à l'est ou à l'ouest, au nord ou au sud, qu'aurais-je déniché d'autre ? Des villes décadentes et des campagnes délaissées ; des populations égarées et des tyrans révélés. Pourtant, soyons honnêtes, si j'avais eu le courage d'ôter le voile opaque du renoncement de mes yeux, j'aurais sans doute entrevu ces sociétés en devenir, ces gens chargés d'espoir et ses futurs enviables. Finalement, quitter la prison que je m'étais bâtie m'obligeait à songer qu'enfin, je pourrai croire à l'utopie : une alternative était peut-être envisageable.

Je ne pense pas qu'Ashâ eut réfléchi une seconde à tout ça, elle ne poursuivait qu'un but : s'enfuir. Foncer tête baissée vers la sortie et ne plus jamais faire demi-tour, quitte à y laisser sa peau et celle des autres. Nous devions regarder la réalité en face : nous étions deux paumés attachés à un passé peu désirable, prêts à se jeter dans un avenir plus qu'incertain.

Je rêvassai encore quelques instants avant de me relever pour attraper mon sac et en extraire mon journal, puis retournai poser mes fesses sur les coussins. Je soupirai à nouveau quand une photo tomba sur mes genoux. C'était un cliché de mes parents et de ma sœur ; le plus récent en ma possession. Louise me l'avait envoyé pour mon vingt et unième anniversaire et je l'avais imprimé. Ils portaient tous les trois un gâteau à bout de bras et me le tendaient pour que je souffle les bougies. S'ils avaient moins surexposé l'image et l'avaient mieux cadrée, j'aurais pu penser à une mise en scène conçue pour une photothèque à destination des publicitaires de l'époque. Leurs sourires étaient exagérés, presque factices, je crois pourtant qu'au fond y subsistait une once de sincérité. Je n'avais néanmoins aucun mal à les imaginer s'engueuler dès la corvée terminée. J'ignore de qui tenait l'initiative. Probablement, ma mère. Peu importe à présent.

Je recalai le papier imprimé entre deux feuilles et tournai les pages jusqu'à ma dernière écriture. Évidemment, je savais ce qu'elle contenait : une preuve supplémentaire de ma coutumière lâcheté.

« Cher journal, tu as accompagné ma piètre personne pendant des années sans te plaindre une seconde, ce qui, je dois l'avouer, relèverait de l'exploit pour n'importe quel être humain ; fort heureusement, tu n'en es pas un. Ma main noircit pour la dernière fois ton immaculée candeur, en effet, ma route s'achève ici et maintenant. Simple expression, puisque je quitterai ce monde un peu plus sur la droite et seulement dans quelques minutes. J'ai enfin accepté l'indéniable fait : mon existence est inutile. Je peux te sembler dur avec moi-même, mais c'est parce que tu es beaucoup trop indulgent avec ton vieux compagnon. Regardons les choses en face, à part ingurgiter des conserves périmées, pisser, chier et dormir le plus possible, de temps en temps, quand j'ai un peu de bol, me rincer la glotte avec de la piquette, je ne vois pas bien ce que j'apporte à mes semblables. Si tu pouvais parler, tu me dirais sans doute que je ne suis pas le seul, mais comme tu ne t'exprimes qu'à travers moi, je te demanderais de t'abstenir de tout commentaire. Ne m'en veux pas si je te planque, une fois de plus sous le parquet, je crois que je n'assume toujours pas l'ensemble de mon œuvre. Tu seras toutefois heureux d'apprendre que je rechigne à te balancer au feu, je serai donc seul à rendre mon tablier ce soir. Si par hasard, papa, maman ou Louise, vous tombez sur ce journal, sachez que je suis désolé et que je vous ai aimé, jusqu'à mon dernier souffle, même si mon texte ne vous le fait pas sentir intensément.

Alex, 22 juillet 2013 – 10 octobre 2046. »

Bien sûr, je ne suis pas mort ce jour-là, contrairement à ce que les gens pensent, beaucoup de courage est nécessaire pour se suicider.

Je demeurai assis plusieurs minutes avant de me décider à bouger, en songeant qu'un peu d'eau sur le visage rafraîchirait mes idées moisies. Je m'approchai du coin salle de bain et scrutai le miroir fixé au-dessus du lavabo. Sans surprise, j'avais les traits tirés, la peau sèche et la barbe en bataille ; sans parler de la couche de crasse qui noircissait ma figure et mes cheveux épaissis par la poussière. Je relevai la poignée du robinet et passai ma main sous le jet limpide et puissant, presque incrédule. Je savais que des bâtiments du centre bénéficiaient d'installation du même type – Teddy les avait mises à disposition de ces citoyens –, j'étais également au courant que pour en profiter, je devais céder une partie de mon temps au bien commun. Je m'y étais toujours refusé. Je pourrais me voiler la face et prétexter que l'égoïsme ou la fainéantise m'avaient guidé, je crois plutôt que je me punissais ; je préférais penser que cette société était fichue et irrécupérable, avouer qu'on pouvait encore y vivre normalement m'aurait forcé à remettre mes certitudes en question et ça, je n'étais pas prêt à l'entendre.

Je me penchai et rabattis l'eau sur mes joues. Je souris en appréciant la sensation froide et vivifiante, puis observai le liquide souillé s'évanouir au creux de la bonde. Je remarquai aussitôt la tondeuse mécanique posée sur une étagère à proximité. Je savais qu'il était temps de changer de look. Je choisis de me raser le crâne en conservant ma barbe. Je me regardai dans les yeux une fois mon toilettage achevé. Cette nouvelle tête me plut immédiatement. Je me sentis plus fort, j'avais l'impression de ressembler à un Viking ; certainement moins massif, mais viking, quand même. J'allais me débarrasser des touffes de cheveux quand je me demandai soudain ce qu'avait prévu notre cher Rodolphe pour les déchets. À nouveau, je l'avais sous-estimé, monsieur l'architecte avait installé un broyeur au fond de l'évier. J'y évacuai donc tous mes *tifs*, appuyai sur le bouton magique et rinçai le reste de mes cochonneries (à peu près). Je n'en restai évidemment pas là et retirai l'ensemble de mes fringues pour me précipiter dans la cabine de douche. Cette fois, je faillis chialer lorsque naïvement je réglai la température et qu'après un jet glacial, l'eau douce et tiède caressa ma peau rugueuse. Pour être honnête, impossible de me rappeler ma dernière vraie toilette avec du savon. Je plongeais régulièrement dans le canal pour me décrasser, cependant une baignade au milieu des détritus et des poissons visqueux n'était en rien comparable à la sensation prodigieuse des milliers de gouttelettes propulsées sur mon corps émacié.

Pendant quelques secondes intenses, j'imaginai Ashâ ouvrir

la porte et me rejoindre. Un désir qui s'évanouit rapidement avec la flotte sale dans les égouts. Je n'abusai pas trop démesurément de l'hospitalité de Roméo et Rodolphe, et sortis. Je m'essuyai ensuite avec un drap de bain que je trouvai correctement plié dans le meuble d'à côté. Après ça, je me rhabillai puis retrouvai ma place au chaud dans le canapé moelleux et attendis Ashâ. Je m'assoupis une nouvelle fois, en ayant pris soin de conserver près de moi mon fusil chargé.

ASHA
N'OUBLIE JAMAIS !

Je traverse l'armoire trafiquée remplie de vêtements et remonte les escaliers ; j'ai besoin d'air. Alex aurait pété un plomb s'il m'avait vu sortir. Je l'entends déjà : « Qu'est-ce que tu fous ? Tu ne te souviens pas que ton "ex adoré" te cherche pour te remettre en cage ? ». C'est drôle, on se connaît depuis quelques heures, pourtant je me sens proche de lui. Peut-être à cause des galères qu'on vient d'enchaîner. La merde, ça sent pas bon, mais ça soude.

J'arrive sur le palier et retrouve le long couloir qui nous a menés jusqu'à la cachette dissimulée dans la cave. J'aime l'odeur de ces murs. Je passe mes mains sur leur surface vieillie. Elle semble lisse, malgré tout, mes doigts décèlent chaque imperfection préservée soigneusement par Rodolphe : la granularité, les trous, les plis et les bosses qui la parcourent. J'avance en la caressant lentement. La température est agréable, douce. Plus je progresse, plus les voix préoccupées de mes amis chatouillent mes oreilles ; elles se mélangent au son des casseroles et du couteau qui tape l'épais plan de travail. Je perçois également des oiseaux chanter leur joie de renouer avec la verdure et une nature plus florissante que jamais – chaque printemps, j'en entends un peu plus. Cette maison est belle, on s'y sent bien. J'y conserve de jolis souvenirs. Roméo et Rodolphe ont toujours été gentils avec moi. Plus que gentils, sincères.

Je m'approche de la cuisine. Ils sont là tous les deux. Rodolphe a le nez dans un placard, Roméo épluche des légumes. Il les découpe et les jette dans une marmite. Je respire les parfums de l'oignon et de l'ail crépitant dans l'huile. Le couple ne prête pas attention à moi. Je les observe à travers la verrière qui nous sépare. Je les écoute : « J'ai hâte que tout ça se termine, se confie Roméo anxieux. Tu sais à quel point j'aime Ashâ, mais cette fois, on risque vraiment nos vies. » Rodolphe se retourne : « Je comprends. Je souhaiterais pouvoir faire autrement, malheureusement, on ne peut plus reculer, on doit l'aider.

— Pourquoi as-tu tué cet homme ? Tu n'étais pas obligé. Tu aurais pu l'inciter à fuir… je ne sais pas moi… ou l'assommer.

— Il tirait dans tous les sens. J'ai dû réagir vite.

— Tu te rends compte du risque que tu as pris ? Et que tu continues de prendre ! Qu'est-ce qu'on fera si Teddy établit un lien avec toi ou moi ?

— Rien ne nous relie à ce type.

— Et Ashâ ? Il nous a déjà vus ensemble. Tu crois sincèrement que Teddy ne remontera pas jusqu'à nous ? Il est beaucoup plus malin qu'elle ne l'imagine.

— Peu importe. Il ne les trouvera pas dans cette maison. Ni aujourd'hui ni demain. Faisons-lui confiance, s'il te plaît. Elle n'est avec nous que pour quelques heures.

— J'espère que tu ne te trompes pas. J'ai peur, tu sais. »

Rodolphe s'approche et l'enlace pour le réconforter. Ça y est, il m'a remarquée. « Ashâ ? Qu'est-ce que tu fais là ? Tu ne peux pas venir ici. Tu nous mets tous en danger, tu t'en rends compte ? »

J'entre dans la pièce et me place à côté d'eux. Je tente d'être sincère :

« Je suis désolée, les gars, je ne voulais pas vous foutre dans cette situation, j'ai conscience du prix que ça vous coûte.

— Nous devons tous assumer nos choix, ce qui est fait est fait. »

Je ne peux pas m'empêcher de me joindre à eux. J'aimerais tellement faire comme si tout était normal. Cuisiner à leurs côtés et m'imaginer qu'on s'attablera bientôt dans le jardin pour manger, rire, vivre tout simplement. Je sors le poignard que j'ai piqué sur le cadavre de Jo. Je le rince avec de l'eau et du savon, puis je me mets à couper les carottes qui traînent encore sur la planche. Rodolphe s'approche de moi. L'inquiétude se lit sur son visage soucieux. « Ashâ, tu ne peux pas rester là, c'est trop dangereux. » Je pose le couteau, j'ai envie de chialer. Je retiens mes larmes et jette un œil à l'extérieur. J'aimerais ouvrir la fenêtre et sauter, atterrir dans le gazon et filer. Rodolphe m'éloigne de la vitre. « Ashâ ! Tu imagines si quelqu'un t'aperçoit. Redescends, je t'en supplie.

— Pardon. Je voulais juste… Je ne sais pas. Je… Je retourne en bas.

— Merci. C'est important, tu comprends ? m'explique-t-il en pressant mes épaules. »

Rodolphe approche son visage du mien et poursuit :

« J'entends parfaitement ton désir de partir, mais honnêtement, comment vas-tu t'y prendre ? La garde surveille toutes les sorties et un paquet de personnes sont sans doute à ta recherche. La nuit t'aidera, mais ça ne suffira pas, tu en as conscience autant que moi.

— Je sais où je vais, ne t'inquiète pas.

— Et après ? Teddy ne s'arrêtera pas aux frontières du royaume, il te retrouvera. Il en a les moyens. »

Merci pour les encouragements ! Non, il ne me retrouvera pas. Pas si j'applique ce foutu plan que je bosse depuis des mois. J'avoue que pour l'instant, ce n'est pas vraiment une réussite, mais je peux redresser la barre, j'en suis convaincue. Je ne réponds pas. Je vois bien ce qui le tracasse. Il ne tarde pas à l'aborder :

« Et Alex ? Il ne peut pas rester ici, on est d'accord ?

— Nous vous quitterons dès la nuit tombée.

— Tu pars avec lui ?

— On s'en va ce soir, mais chacun de notre côté. Je ne peux pas l'emmener avec moi.

— Et il l'a compris, ça ?

— Peu importe. »

Désolé Alex, la suite de mon histoire s'écrira sans toi. J'ignore ce que tu t'imagines. C'est le moment de tracer ta propre route. Je t'ai forcé sans le vouloir à abandonner ton confort, à toi de t'occuper du reste. Avec un peu de chance, tu retrouveras ta petite sœur et tes parents. Qui sait ce qui se cache dehors maintenant ? Je vis dans cette ville depuis six ans, il a pu s'en passer des choses. Je n'ai pas traversé tout le pays, je ne peux pas croire que tout soit vraiment pourri. Des personnes qui luttent et œuvrent pour le bien subsistent forcément quelque part. Il y a tant à faire, tant à inventer ! Les gens faisaient comment avant ? L'électricité, le pétrole, le gaz n'existaient pas, pourtant le monde tournait. On était certainement un peu moins, mais qui a compté dernièrement ?

Je les laisse. Leur inquiétude est légitime. Si je suis ici pour me cacher, qu'est-ce que je fabrique dans cette cuisine à prétendre que tout est normal ? Rodolphe m'assure qu'il nous apportera à manger dans quelques minutes. Je reprends le chemin du long couloir, caresse à nouveau les murs, descends les marches jusqu'à la cave et pénètre dans l'armoire. J'active le dispositif et passe la porte blindée. Je renoue avec l'atmosphère confinée que j'apprécie tant. Alex n'est plus dans son lit. Il dort, affalé dans le canapé, la main sur son fusil.

Putain… mais… c'est quoi cette tête ? Monsieur s'est rasé le crâne. Remarque, ça lui confère un certain style. Plus viril. Je constate qu'il s'est décrassé, c'est pas une mauvaise chose. En ce qui me concerne, je n'y ai même pas pensé. Ça ne me ferait peut-être pas de mal, je ne me suis pas lavée depuis deux jours. Autrefois, je profitais de la douche de Teddy, ça, franchement, c'était cool, maintenant, je me démerde aux bains publics. L'installation est pas mal, j'avoue. Bien sûr pour en user, tu dois trimer un peu, c'est comme ça, on n'a rien sans rien. Les petits boulots sont suffisamment nombreux pour ne pas avoir à passer à la casserole. J'aime autant retourner la terre des jardins que de me glisser sous les draps de Teddy. J'ai assez donné !

Qu'est-ce qu'il a foutu ? Il a collé des poils partout ! Ah les mecs, tous pareils, peu importe l'âge !

Il ouvre à moitié les yeux et me partage sa joie de me revoir :

« T'es de retour ? Je vois que tu es toujours vivante, c'est déjà une bonne chose. T'as laissé combien de cadavres devant la porte ?

— Si tu continues, c'est le tien que je vais y déposer. »

Pour qui il se prend, celui-là ?

« Je te rappelle que tu en comptes un de plus que moi, lui lancé-je, pour lui rafraîchir sa mémoire défaillante.

— J'étais bourré.

— J'espère que ça ne t'arrive pas souvent. Si tu assassines quelqu'un chaque fois que tu bois, j'aime autant rester loin de toi. »

Il se lève et s'approche. J'ai l'impression de ne plus voir le même homme ; du moins quand il la boucle, parce que dès qu'il l'ouvre, le doute s'estompe :

« Comment tu trouves mon nouveau look ?

— Tu te rends compte du bazar que tu as laissé ? Mate ton bordel ! C'était nickel avant qu'on débarque !

— J'ai nettoyé pourtant.

— Je commence à comprendre l'état de ton appartement. La garde ne l'a jamais fouillé en fait, il a toujours été comme ça. »

Il esquisse un sourire, j'ai envie de rire aussi. Alex essuie le lavabo tant bien que mal. Le voilà de nouveau prévenant.

« C'est mieux ?

— Ça ira.

— Désolé, mais j'ai beaucoup de mal à prêter attention à ce genre de détail. Tes potes sont très sympas de nous permettre de squatter leur baraque, mais franchement, tu ne crois pas qu'ils en font un peu trop. Regarde cette pièce ! On dirait un musée qui tente de préserver les vestiges d'une société dispa-rue ! Comme toute cette maison d'ailleurs ! Un temple dédié aux années 2020 ! À quoi ça rime ?

— Ils essaient au moins ! Heureusement que certains essaient ! C'est ce dont ce monde a besoin.

— Alors qu'est-ce que tu fiches ici ? Hein ? Pourquoi tu veux partir ? Tu n'as qu'à rester et "essayer" avec tes amis !

— Tu connais mes raisons. J'ai un psychopathe à mes trousses !

— Psychopathe ? C'est toi qui l'affirmes. Je ne l'ai jamais fréquenté intimement, mais si je suis ton raisonnement, lui aussi "essaye". Sans lui, seuls les fantômes comme moi habiteraient cette ville.

— Je ne dis pas le contraire, mais ça ne lui donne pas le droit de nous enfermer dans son prétendu royaume !

— Si tu es coincée, c'est à cause de ta dette, rien d'autre. »

Cette fois, j'ai envie de lui en coller une. Bien tapée, en pleine tronche, histoire de lui remettre les idées en place.

« Espèce de connard ! Qu'est-ce que tu crois, que ta dette est nulle parce que tu n'utilises pas les communs et que tu ne chopes pas ta nourriture au marché ? Tu paies un loyer, mon cher Alex, comme tout le monde. »

Il est sérieux, là ? Le pire c'est que cet idiot n'a probablement jamais pensé à ça. De toute façon, monsieur n'a jamais eu à y songer puisqu'il a toujours rechigné à quitter son appart pourri. Vivement ce soir, il est vraiment temps que je me tire.

Soudain, une image me traverse et déchire mon esprit. Mes pensées s'expriment à voix haute :

« Merde ! J'ai oublié mon couteau là-haut.

— T'as pas l'intention de remonter, j'espère. Le meuble qui est derrière toi est une véritable armurerie, t'en trouveras un à l'intérieur, je n'en doute pas.

— C'est pas la question, je l'ai ramassé sur Jo, je n'ai pas envie que quelqu'un tombe dessus.

— Ferme cette porte ! »

OK. J'abdique. Fais chier ! Quelle conne ! Je sais qu'ils ont tous raison, tous ces allers et retours n'ont aucun sens. Je me reconnais plus, toute cette histoire me rend dingue. Allez Ashâ, tu te poses un peu. Ça ne te fera pas de mal.

TEDDY
LE COUTEAU

Quelques minutes de route suffirent pour rejoindre le joli quartier des mûriers dans lequel résidaient les amis d'Ashâ. La haute bourgeoisie du royaume ! En réalité, une poignée d'anciens et nouveaux *bobos* occupait cet endroit. Des gens en marge, mais à la différence des clodos qui erraient dans les rues abandonnées, eux entretenaient chaque parcelle du lieu qu'ils habitaient. Les buissons étaient taillés, les pelouses tondues et les trottoirs immaculés. Les hommes et les femmes qui vivaient là avaient également pris soin de se débarrasser, à la seule force de leurs bras, de tous les véhicules garés sur les chaussées. La plupart de ces personnes disposaient de maisons plus ou moins autonomes ; elles produisaient leur propre électricité et récupéraient l'eau de pluie pour se laver ; les mieux équipés la filtraient pour la boire. Je tenais à laisser en paix cette communauté soudée et organisée qui participait activement au redressement de la ville. D'abord, parce qu'elle fournissait une bonne partie des récoltes – j'en prélevais quatre-vingt-dix pour cent –, ensuite car elle nous faisait profiter de ses cerveaux bien éduqués. Beaucoup de ces gens dépassaient la quarantaine et avaient suivi de hautes études ; je conservais donc bien au chaud mes architectes, mes chirurgiens et mes ingénieurs.

C'était le cas de Roméo et Rodolphe, un petit couple proche d'Ashâ depuis un peu plus d'un an. Les deux hommes apportaient régulièrement des fruits et des légumes frais, ainsi que des bocaux qu'ils confectionnaient eux-mêmes à chaque fin d'été. Rodolphe avait également participé à plusieurs programmes de rénovation. Des individus précieux qui ne bénéficiaient pas d'autres privilèges que ceux d'être tranquilles et défendus. Je n'étais toutefois pas dupe des sentiments qu'ils portaient à mon égard ; être un bon roi, magnanime et juste, comme j'imaginais l'être, ne vous protégez pas toujours des ressentiments déplacés.

« C'est ici. », ai-je expliqué à mon frère, en lui désignant la coquette demeure. Il n'a pas répondu. Il est descendu de la voiture, puis a grimpé les marches de pierre menant à l'entrée. La sonnette fonctionnait, mais Etan avait préféré user de son poing calleux pour avertir de sa présence. Après quelques secondes, la porte s'entrouvrit.

J'ai reconnu la tête d'ange de Roméo. Il nous a souri un peu crispé et s'est décalé pour nous laisser passer. Je n'ai pas attendu pour engager la conversation, des effluves épicés embaumaient la maison : « Vous fêtez quelque chose ? » Il a écarquillé les yeux et a formé une moue étonnée maladroite. Etan s'est avancé et Rodolphe est apparu. Son visage était fermé. J'escomptais un « bonjour », finalement je n'eus droit qu'à une injonction polie : « Pourriez-vous essuyer vos pieds, s'il vous plaît ? ». Mon frère a répliqué aussitôt : « Tu parles à qui, là ? »

Je me suis empressé de calmer le jeu, je tenais à instaurer en premier lieu un climat de confiance. « Etan, respectons ces messieurs s'il te plaît, je suis certain qu'ils passent beaucoup de temps à entretenir cette maison. » À ma grande surprise, il s'est exécuté et a frotté ses semelles une à une. « Vous ne nous invitez pas à entrer ? ai-je immédiatement demandé.

— Nous sommes en train de préparer notre repas, ça ne vous dérange pas de discuter dans la cuisine ?

— Bien sûr que non, ai-je conclu en les dépassant. »

Nous sommes arrivés dans la pièce. L'endroit était charmant comme le reste de la demeure. Le parfum du bouillon de légumes continuait de chatouiller mes narines. Je me suis approché pour savourer la préparation, Etan s'est mis à fouiller les placards en recherche d'un breuvage de qualité.

« Ça manque un peu de sel, je trouve. Vous avez goûté ? » Les deux hommes étaient tendus, la plupart se seraient tus, mais Rodolphe n'était pas de ce genre-là. « Pourquoi tu es ici ? Tu n'agis pas correctement. Vous n'agissez pas correctement », ajouta-t-il en fixant Etan. Celui-ci lui rendit son regard et poursuivit sa quête sans modifier son attitude. C'est à ce moment que j'ai aperçu le couteau. J'avais fait graver moi-même la lame. Chaque membre de la garde obtenait une distinction à son entrée, elle pouvait prendre différentes formes : un accessoire, une arme à feu, un outil, un poignard… peu importe, mon sceau en ornementait chacune d'elles.

J'ai attrapé l'objet royal, je l'ai manipulé quelques instants avant de trancher les morceaux de carottes étalés devant moi.

« C'est un très joli couteau que vous avez là ! » me suis-je exclamé, en conservant les yeux baissés. Je me suis ensuite tourné vers mon frère pour solliciter son avis : « Qu'est-ce que tu en penses, Etan ? C'est vraiment un beau couteau, non ? » Celui-ci a interrompu sa recherche pour le saisir. Il l'a observé une seconde ou deux et je lui ai reposé la question : « Alors, c'est un beau couteau ou pas ? » Il a acquiescé en silence, l'a replacé sur la table et a remis le nez dans le placard. « Tu sais quoi ? Je te l'offre ! ai-je déclaré. Un si beau couteau pourrait servir à tant de choses. Couper des carottes toute la journée, ça manque de panache ! Je suis certain que tu l'emploieras à meilleur escient. Ça ne vous dérange pas si je lui en fais cadeau, j'espère. Après tout, tout ce qui se trouve au sein du royaume est la propriété du roi, n'est-ce pas ? » Le visage de Rodolphe s'est renfrogné encore davantage. Roméo, lui, avait les yeux humides.

Finalement, Etan dénicha de quoi apaiser sa soif et sortit une bouteille de rhum à peine entamé planqué derrière de l'huile et du vinaigre.

« J'ai peur qu'il ne soit pas très bon, on s'en sert surtout pour la cuisine, expliqua Roméo.

— Tu entends ça, Etan ? On vit vraiment bien ici. Je suis sûr qu'il est parfait. On ne prend pas suffisamment le temps de partager ce genre de moment, apporte-nous quatre verres », ai-je ajouté, alors que mon frère s'apprêtait à porter le goulot à ses lèvres.

J'ai ensuite invité tout le monde à s'asseoir autour de la table et j'ai procédé au service. Nous avons trinqué (certains plus sincèrement que d'autres) et chacun a avalé une gorgée ; excepté Etan, qui a vidé son godet cul sec et s'en est immédiatement resservi un.

« Alors, les amis, où est Ashâ ?

— Ashâ ? répéta Roméo. »

La question était pourtant simple et ne laissait place à aucune interprétation. L'intonation interrogative à peine crédible du compagnon de Rodolphe a suffi à envenimer la situation. D'un coup net et brutal, Etan planta la lame dans la main délicate de Roméo, qui a hurlé dans l'instant. Il gémissait et pleurnichait comme un bébé blessé.

Son homme s'est pétrifié, pris au piège d'un mélange de colère et de stupeur. Je me suis levé et j'ai enlacé la pauvre victime. J'ai passé mes doigts dans ses cheveux et je l'ai réconforté : « Ça va aller, ne t'inquiète pas. Tout ça sera bientôt terminé. Je comprends ta peine, tu sais. Sois certain qu'un roi est toujours là pour ses sujets, nous soignerons très vite cette petite blessure. Mais tu ne me laisses pas le choix, tu m'obliges à t'infliger ça à contrecœur, tu te doutes que je ne peux pas tolérer les mensonges au sein de mon royaume. Alors, je te repose la question : où est Ashâ ? »

C'est cet instant que Rodolphe a choisi pour se jeter sur moi. Ses yeux étaient exorbités, chargés de haine. Il m'a empoigné et m'a agrippé le cou. J'ai senti ses doigts puissants se planter dans ma chair rougie et me couper la respiration. La rage décuplait sa force. Etan s'est levé d'un bon et l'a tiré en arrière. L'homme furieux se cramponnait à moi comme un animal incapable d'abandonner sa proie. Mon frère l'a étranglé à son tour, Rodolphe a lâché prise. Malheureusement pour lui, Etan n'en est pas resté là et lui a plongé le visage dans la marmite bouillante, avant d'attraper le couteau qui maintenait toujours Roméo à la table pour lui trancher la gorge. Le corps s'est effondré dans une mare de sang tiède.

Après quelques inspirations et expirations forcées, j'ai repris mon souffle et mes esprits ; tout ne s'était pas vraiment déroulé comme prévu. Roméo s'était évanoui. J'ignore si c'était à cause de la scène à laquelle il venait d'assister ou de l'hémoglobine qui s'échappait de sa main meurtrie, mais il avait perdu conscience.

« Apprends à te contrôler! Regarde-moi ce merdier maintenant!

— Ce type était en train de t'étrangler.

— Un bon coup sur la tête aurait suffi, tu ne crois pas? »

Etan devait calmer ses ardeurs. Je savais qu'il était intervenu pour me libérer des griffes de Rodolphe, je savais également que je devais rapidement stopper l'hémorragie de cadavre qui salissait depuis quelques heures les rues du royaume. « Attrape la serviette à côté de toi, je n'ai pas envie que la dernière personne à connaître où se cache Ashâ perde tout son sang. » Etan m'a jeté le linge que je me suis empressé d'enrouler autour de la main de Roméo, toujours dans les vapes. « Ils se planquent peut-être ici, occupe-toi de l'étage, je fouille le rez-de-chaussée.

— Et lui?

— Où veux-tu qu'il aille dans cet état? Qu'on les trouve ou pas, notre cher Roméo découvrira bientôt comment on traite les menteurs. »

J'ai laissé Etan et j'ai commencé par le salon, la maison était immense. J'ai ouvert chaque placard, chaque armoire, chaque penderie. J'ai soulevé les rideaux, exploré les moindres recoins en procédant de la même manière dans toutes les pièces. Le couple vivait bien, presque mieux que moi quand j'y pensais. Je possédais une villa similaire – un peu plus grande même – dans laquelle je m'installais parfois l'été. Néanmoins, je préférais ma tour ; je me sentais davantage à ma place près des nuages qu'au ras du sol.

Je me suis arrêté face à une dernière porte. J'ai tourné la poignée de laiton et j'ai observé les marches qui s'évanouissaient dans l'ombre. J'ai appuyé sur l'interrupteur, l'escalier s'est éclairé. « Ashâ, il est l'heure de rentrer ! » ai-je chantonné. Je suis descendu, arme au poing ; je connaissais trop bien la tigresse.

À part des babioles accumulées, la cave était vide. Pourtant, je devinais sa présence, son odeur d'animal apeuré. Ashâ était venue ici, j'ignorais quand, cependant j'étais sûr qu'elle avait foulé ces marches peu de temps avant moi. J'ai pivoté plusieurs fois, en étudiant attentivement chaque mur. En définitive, je me suis arrêté sur une armoire d'un style très différent de la décoration subtile et délicate qui agrémentait le reste de la demeure. Je me suis approché, à l'affût du moindre son ; je n'ai toutefois perçu que le silence. J'ai posé mes doigts sur le bois verni et j'ai ouvert la porte. Elle a grincé longuement. Des manteaux et des vêtements poussiéreux occupaient l'intérieur. À l'évidence, j'ai ressenti quelque chose d'étrange. Mon intuition m'avertissait. J'y ai glissé la main et j'ai écarté une à une les pièces de la vieille garde-robe. J'étais prêt à l'inspecter en profondeur quand un bruit a retenti.

ALEX
VISITE SURPRISE

Je voyais bien qu'Ashâ trépignait ; son cul était posé sur le lit depuis à peine trente minutes qu'elle se relevait déjà. « Qu'est-ce que tu fais ? » lui demandai-je, alors qu'elle s'approchait une fois de plus de la porte. « Je n'arrête pas de penser à ce foutu couteau, j'ai un mauvais pressentiment, me répondit-elle en étirant les muscles de ses mains rongées par le stress.

— On s'en branle ! Si quelqu'un t'aperçoit là-haut, ça sera bien pire ! »

Évidemment, elle ne m'écouta pas et ouvrit.

Nous nous figeâmes dans la seconde succédant à son geste.

Le vacarme, les plaintes, le verre brisé… quelque chose se passait mal. Le chant du chaos avait traversé les couloirs de la maison et dévalé les escaliers jusqu'à nous ; une vague d'ondes terrifiantes nous avait engloutis, ne nous laissant d'autre issue que la noyade.

« Ferme ! Vite ! »

Ashâ repoussa la porte en douceur. Elle était épaisse et ceinturée d'un joint étanche, pourtant nous ignorions la manière dont les sons se propageaient à l'extérieur. Je me mis à gamberger. Cependant, je me rassurai en songeant à l'impossibilité de pénétrer dans la pièce sans connaître le dispositif que Rodolphe avait planqué à l'intérieur de l'armoire. Même si notre hôte nous avait invités à attendre sa venue (apparemment, Ashâ avait peu écouté ce passage), l'architecte nous avait expliqué le mécanisme de l'ouverture dissimulée. Des boutons-poussoirs étaient cachés en haut et en bas de la structure du meuble ; les deux devaient être pressés simultanément, sans quoi rien ne se produisait. Un visiteur mal intentionné pouvait ainsi vider le bahut sans découvrir le moindre artifice secret. Malgré tout, je continuais de penser qu'en inspectant quelques minutes l'objet, l'astuce était repérable.

Ashâ ressembla à une statue de cire soudainement hantée par une âme égarée lorsqu'elle s'avança vers moi, aussi souplement qu'un chat en chasse. Elle s'approcha et entrouvrit les lèvres. Cette fois, ce fut à mon tour de l'obliger à se taire. Je plaçai mon doigt sur sa bouche pulpeuse comme elle l'avait fait avec moi, quelques heures plus tôt, dans le vieux magasin de vêtements. À nouveau, je frissonnai à son contact. J'eus aussitôt le sentiment que le courant qui m'avait traversé s'était propagé en elle. Nos regards se croisèrent, chacun songeant à ce que l'autre envisageait.

Je reculai vers le canapé et attrapai mon fusil que je pointai vers l'entrée secrète pendant qu'Ashâ se saisit de son pistolet pour m'imiter. Nous restâmes ainsi de longues minutes, écrasés par le silence et la crainte d'être découverts.

Certaines impressions sont difficilement explicables, cependant, j'aurais presque pu affirmer qu'à un moment quelqu'un s'était trouvé de l'autre côté. D'évidence, j'avais senti une présence. Je n'entendis pourtant aucun son. L'ensemble des bruits extérieurs s'étaient évanouis immédiatement après la clôture de l'unique issue.

Alors que je m'apprêtais à baisser la garde, car au bout d'une dizaine de minutes supplémentaires rien n'était arrivé, un cliquetis retentit. Aussitôt, mes pensées s'emballèrent et je promis intérieurement à celui qui pénétrait mon antre un sale quart d'heure.

Le panneau avança lentement vers nous. La silhouette apparut, accompagnée d'une forme de soulagement.

« Roméo ! Qu'est-ce qu'il se passe là-haut ? », chuchota Ashâ dès la porte refermée.

Le masque de la peur – je devrais même plutôt dire celui de la terreur – avait métamorphosé son visage ; ses yeux étaient exorbités et remplis de larmes. Son teint était cadavérique, malgré les rougeurs qui empourpraient ses joues. L'homme était mal en point, un bandage de fortune ensanglanté entourait sa main. « Que s'est-il passé ? », lui réclamai-je à mon tour. Malheureusement, le traumatisme l'empêchait de s'exprimer.

Il s'approcha d'Ashâ et s'effondra dans ses bras. Je l'observai en me demandant qui était en haut (j'avais une petite idée quand même) et ce qui était arrivé à Rodolphe (là encore, j'avais une intuition). Je ne quittai pas pour autant ma position et gardai le canon pointé en direction de la porte, prêt à dégommer le moindre poursuivant. Ashâ conduisit Roméo jusqu'au divan et lui expliqua l'importance de rester calme et silencieux. Il sembla comprendre ; en tout cas, il troqua son inconsolable chagrin contre une catatonie plus discrète.

Nous demeurâmes ainsi un long moment – je ne mentirais pas en prétendant que la situation dura plusieurs heures. Finalement, Ashâ décida la première de rompre le pacte implicite qui nous liait au silence : « Ils sont partis.

— Tu peux me préciser comment tu peux affirmer un truc pareil.

— On tient cette position depuis des plombes, tu ne crois pas qu'ils auraient déjà débarqué ?

— On n'en sait rien. Si ça se trouve, ils patientent peinards et attendent simplement qu'on se pointe à l'étage. Je préconise qu'on reste quelques jours ici. On a tout ce qu'il nous faut. En plus, d'ici là, peut-être que ton ami nous en dira davantage sur ce qui s'est produit.

— Quelques jours ? Tu te fous de moi ? C'est hors de question, ces murs me rendent folle ! »

Cette fille me perturbait autant qu'elle m'exaspérait. Sortir ? Autant se jeter directement dans la gueule du loup. Elle rejoignit Roméo et s'accroupit face à lui. Son regard était vide, comme s'il regardait quelque chose de lointain – probablement un souvenir déjà en train de s'effacer. « Que s'est-il passé ? Où est Rodolphe ? », l'interrogea-t-elle avec une douceur que je ne soupçonnais pas chez elle. Elle déposa un baiser sur son front et lui répéta plusieurs fois : « Tout va s'arranger, ne t'inquiète pas. » Elle caressa ses cheveux en s'adressant à lui, comme une maman à un enfant attristé. Aussitôt, l'homme écarta le bras de son amie et se redressa, avant d'enfouir sa tête au creux de ses mains et recommencer à pleurer.

« Teddy a trouvé le couteau », bafouilla-t-il, la bouche baveuse. Ashâ recula puis essuya une larme qui cheminait le long de ses joues.

« Tu serais tombée sur eux si tu étais remontée, c'est sûr », lui dis-je pour la déculpabiliser. Elle m'invita à me taire en silence. Je comprenais son sentiment, pourtant je demeurais persuadé qu'elle avait pris la bonne décision. « Etan a tué Rodolphe, déclara soudain Roméo, à demi étouffé par l'émotion.

— C'est pas vrai ! soupira Ashâ dans un élan de colère.

— Nous serions probablement tous morts, ajoutai-je naïvement pour la calmer.

— Qu'est-ce que tu en sais ? J'aurais peut-être pu… Si j'étais retournée là-haut… Je… Tout aurait pu être différent. »

Je sentis son regard assassin se poser sur moi. Qu'est-ce que j'y pouvais ? Voilà ce qui arrive quand on ne respecte pas le plan. Non seulement elle était montée au lieu de rester peinarde à pioncer ou se laver, ou pisser un coup, peu importe ! Et en plus, elle avait laissé traîner un couteau apparemment moins anodin que je l'aurais cru. Ashâ ne pouvait s'en prendre qu'à elle-même. Le problème, c'était qu'encore une fois, elle me foutait dans la merde et avait embarqué par la même occasion ses potes, dont un s'était carrément fait buter. J'étais à peu près sûr que Teddy – ou un de ses gardes – nous attendait tranquillement pour nous faire la peau ou pire. Sortir d'ici ? Hors de question, pensai-je au moment où Ashâ choisit d'ouvrir une nouvelle fois cette fichue porte.

Là, j'ai tremblé.

Je la regardai abandonner la quiétude de l'abri que j'aurais bien squatté quelques mois – voir quelques années (après tout, pourquoi pas ?) – et traverser le passage menant à la cave, à défaut de nous conduire directement en enfer. Je jetai un œil à Roméo, qui s'était recroquevillé. Cette fille me poussait dans mes retranchements et forçait une fois de plus ma nature prudente. Je soufflai et décidai de l'accompagner. Je n'entendis rien d'autre que les pas étouffés d'Ashâ et le gazouillis des oiseaux, qui s'intensifiait à mesure de notre progression. Nous avancions lentement, écrasés par le poids des évènements.

Une fumée grise flanquée d'un délicat parfum de bouffe cramée agressa mes narines.

Je retrouvai la jolie cuisine, que j'avais quittée un peu plus tôt ; jusqu'alors digne d'un numéro du très regretté magazine « *Arts & décoration* », elle avait désormais l'allure d'une photo tirée du d'autant plus regretté magazine « *Mad Movies* ». Les légumes brûlaient au fond de la marmite, dont l'eau s'était intégralement évaporée, et dégageaient une odeur âpre très désagréable. Évidemment, le pire n'était pas là, les mouches s'agitaient déjà autour du corps de Rodolphe, évanoui dans son propre sang.

Ashâ se précipita vers lui et le prit dans ses bras. Le spectacle n'était pas beau à voir : le visage de notre hôte était boursouflé et couvert de cloques ; sa gorge tranchée régurgitait un filet d'hémoglobine visqueuse encore tiède. Un haut-le-cœur souleva l'estomac d'Ashâ. Gagné par une nausée contagieuse, je m'éloignai pour jeter un œil discret à la fenêtre avant de la supplier de redescendre – je connaissais uniquement Etan de réputation et je préférais très sincèrement qu'il en demeure ainsi.

Elle se releva et essuya la morve qui mouillait ses lèvres. La colère et la tristesse se mélangeaient dans son regard perdu.

« Ashâ, s'il te plaît, on ne peut pas rester là. Regarde ce qu'ils sont capables de faire. » Elle fit demi-tour et reprit le chemin inverse, d'un pas beaucoup plus décidé. Je m'empressai de la suivre. Sur le moment, je pensai qu'elle allait enfin devenir raisonnable, mais elle adopta une fois de plus une décision, à mon sens, inappropriée. Ashâ dévala les escaliers et se précipita vers son ami désemparé pour l'inviter à se préparer un sac sur le champ. Je ne pus évidemment pas la laisser faire et ordonnai à Roméo de ne pas bouger. L'homme nous observa confus.

Elle me rembarra aussitôt :

« Tu l'as dit toi-même : on ne peut pas rester là !

— Tu sais parfaitement que je parlais de l'étage, tout le monde ignore que nous sommes ici. Nous avons des armes, de l'eau, de l'électricité et de quoi nous nourrir plusieurs mois en faisant attention. Pourquoi partir ? Franchement ?

— Tu dérailles ou quoi ? Tu crois qu'on va suivre notre petite vie tranquille dans cette cave aménagée, en oubliant que le cadavre de Rodolphe est en haut et que Teddy ou je ne sais quel autre cinglé peut débarquer à tout moment.

— Nous n'avons aucune chance de nous en sortir si nous quittons cet endroit maintenant. OK, personne n'est dans la maison pour l'instant, mais rien ne nous dit qu'ils ne reviendront pas ni que des gardes ne surveillent pas le quartier. »

Je commençais à comprendre la demoiselle, Ashâ avait juste besoin de quelques minutes pour avaler toute cette histoire et reprendre son souffle. Elle tourna quelques instants sur elle-même, en murmurant des insanités entre ses dents. À la fin, elle s'apaisa (à peu près). « Qu'est-ce que tu proposes ? Tu sais que je ne resterai pas plus longtemps coincée entre ses murs.

— Patientons deux ou trois jours, le temps que ça se calme et qu'ils nous imaginent volatilisés.

— Jamais ! C'est hors de question ! »

Elle était têtue, rien à y faire. Je tentai une dernière fois de dompter la bête : « Attendons au moins la nuit, c'était ce que nous avions prévu. Si on sort maintenant, autant se tirer une balle tout de suite. Regarde Roméo, tu crois qu'il est en état de taper une poursuite avec la garde ? Et je ne parle pas de moi, ça va mieux, mais je ne suis pas vraiment apte à courir à toute vitesse. » L'état de la main de Roméo acheva de la convaincre (elle se fichait royalement de ma jambe). L'homme avait besoin de soin : a minima, désinfecter la plaie et la bander correctement.

Je me rassis, en songeant que cette fois, c'était réussir ou mourir.

ASHA
UN PLAN SIMPLE

Putain ! Putain ! Putain ! Fais chier !

Pourquoi rien ne s'est passé comme prévu ? J'enchaîne les crasses, c'est un truc de fou ! D'abord, l'autre qui se mêle de ce qui ne le regarde pas et maintenant ça. Rodolphe, si tu savais à quel point je suis désolée, ça n'était pas censé arriver. J'avais pourtant tout bien préparé : Nathan, les codes, le repérage, tout ! Pourquoi ça a merdé autant ? Heureusement, je me tire dans quelques heures. Je sais que c'est dangereux, je sais qu'Alex a raison et que Teddy nous attend au tournant, mais je ne peux pas rester plantée là ; plutôt crever que de moisir plus longtemps ici ! Si j'étais seule, je pourrais tracer, seulement en traînant deux éclopés, c'est compliqué… Excuse-moi Roméo, tu me haïrais sans doute si tu pouvais m'entendre ; à cause de moi Rodolphe n'est plus avec toi, j'ai gâché ton existence et entraîné l'amour de ta vie dans ma chute. Évidemment, je pourrais faire ma pute et me casser sans rien dire, malheureusement, je n'y arrive pas. Pourtant, j'ai assez donné. Je galère depuis des années, j'ai le droit de penser à moi, non ? Qui a vu ses parents mourir devant elle ? Qui a subi les pires humiliations ? Qui ? Je sais que tout le monde en a chié et continue de morfler, mais vous viviez plutôt bien ; chacun à votre manière. Vous fermiez simplement les yeux sur la situation pour oublier les petits à-côtés désagréables. Pour moi, c'est plus possible. Je ne peux plus ! De toute façon, plus aucun d'entre nous ne pourra faire semblant maintenant. Trop de sang a coulé.

Qu'est-ce qu'il veut encore lui ? Pourquoi il s'approche ? Alex, tu ne peux pas me laisser me morfondre et m'apitoyer sur mon sort misérable.

« Je peux te parler ? »

Non, tu ne peux pas ! Laisse-moi tranquille !

Je n'ai plus la force de l'envoyer voir ailleurs. Il devinera. S'il n'est pas trop bête, il partira de lui-même.

« Je sais que tu as besoin d'être un peu seule. »

Perspicace !

« Mais j'ai vraiment besoin de savoir comment tu comptes t'échapper de cette ville. »

C'est drôle qu'il me pose la question maintenant, nous n'en avons pas parlé jusque-là. Évidemment, j'y ai songé, je ne pense qu'à ça depuis si longtemps. Je crois qu'il est temps de le mettre au parfum. Roméo dort. De toute façon, il nous suivra, c'est pas vraiment le genre à donner des directives ; que je sache, ça ne l'était pas non plus dans son couple. Je souffle et crache le morceau :

« OK. Je vais t'expliquer.

— Trop d'honneur, mademoiselle ! »

Je fouille ma culotte et en sors le papier que j'ai eu tant de difficulté à récupérer.

« Qu'est-ce que t'as à me mater de cette manière ? Tu veux peut-être le renifler. »

J'ignore quelle en est la raison. Parfois, j'ai envie de le baffer et d'autres fois, de l'embrasser sauvagement. Il n'a pas répondu et a haussé les sourcils.

Je déplie le papelard et le lui tends. Un plan est griffonné d'un côté. De l'autre, une liste est inscrite manuellement. Nathan n'a pas eu le temps de tout m'expliquer (merci Alex), mais d'après ce que j'ai compris, tout semble assez simple.

« C'est le royaume ?

— À ton avis ?

— Pourquoi t'es si agressive avec moi ?

— Je ne sais pas. Peut-être parce que tu as fichu en l'air mon coup et que plusieurs personnes sont mortes, dont un de mes amis.

— Un, je le répète, j'ai seulement cherché à t'aider et je t'assure que c'est vraiment pas mon genre. Deux, si tu avais suivi les indications de Rodolphe, on serait simplement en train de lui dire adieux. »

Il a raison, pourtant je ne risque pas de l'admettre. De toute façon, à quoi ça servirait à part à apaiser son ego de mec blessé ? Il ne va pas jouer les victimes non plus. Qui était en train de se faire violer ? Qui a perdu son pote ? C'est lui ? Non. Pas la peine d'essayer de lui expliquer tout ça, je botte en touche : « On peut en revenir au plan ? »

Il soupire et lâche l'affaire à son tour :

« OK. Laisse tomber. Allez. Raconte-moi enfin ce que signifie ce papier. En quoi son rôle est-il si important ? » Je réplique dans la foulée : « Sans lui, inutile d'espérer sortir. Les codes permettent d'ouvrir tous les points indiqués sur la carte qui se trouve de l'autre côté. Mots de passe, cadenas, verrous électroniques ; tout est là.

— D'accord, ça, j'avais compris. Mais je ne vois toujours pas en quoi tu as besoin d'entrer dans un de ces endroits.

— Je vais y venir, une seconde.

— Pourquoi la liste est-elle divisée en deux ? »

Il va se calmer avec ses questions, je n'ai même pas le temps de répondre.

« Nathan m'a expliqué que la partie haute désigne les lieux de stockage – il en a débloqué un une fois pour me montrer. Il était tellement fier de me dévoiler son placard à balai.

— Qu'est-ce qui se trouvait à l'intérieur ?

— Un peu de nourriture et un ou deux fusils, et quelques bricoles : du câble, des clous, des vis… Bref, tu vois le topo.

— Et tous les autres ? Tu crois qu'ils contiennent le même genre de trucs ?

— Je n'en ai pas la certitude, mais regarde, tu vois à côté du code ? Il y a des lettres : "A", "N", "M".

— Armes ? Nourriture ?

— Dis donc, monsieur se surpasse ! Tu en oublies une.

— Maman ?

— Très drôle.

— Matériel ?

— Ou matos, ouais, peu importe. Je pense aussi que c'est ça. Ce système permet à Teddy de ne pas engager trop de monde dans la surveillance de son petit trésor. De toute façon, peu de personnes seraient assez bêtes pour forcer "les coffres du roi". »

Alex me mate d'un air narquois et ne peut retenir sa remarque : « Apparemment, certains le sont suffisamment. »

Ce petit sourire au coin des lèvres. Là, tu es beaucoup plus sexy.

Il enchaîne avec une nouvelle interrogation :

« Et les chiffres entourés ?

— J'imagine que ce sont les lieux dont Nathan était chargé.

— Ça ne fait pas énorme. Et pourquoi lui confier des codes d'emplacements qu'il n'est pas censé visiter ? T'es sûre de toi ?

— Non. Ça n'a aucune importance de toute façon. »

Qu'est-ce que j'en sais, moi ? Évidemment qu'une raison existe ; que je connaîtrais certainement si monsieur n'avait pas vidé son chargeur dans le propriétaire du document en question !

« Tu ne m'as pas dit pour l'autre partie. »

Cette fois, c'est moi qui souffle. Il m'agace à m'interrompre toutes les secondes.

« Ce sont les portails qui permettent d'entrer et sortir de la ville.

— D'accord. Plutôt utile, en effet. Je suppose que tous ces endroits sont surveillés, non ?

— Le lieu que j'ai visité avec Nathan n'était pas gardé, contrairement au point d'entrée et de sortie, où des hommes sont systématiquement postés. Du moins de ce que j'ai observé. Je ne les connais pas tous – certains sont sûrement planqués –, mais les passages les plus importants sont familiers de tous ceux qui se sont approchés un peu des frontières du royaume.

— Nous devrons quand même nous occuper de ces hommes.

— On est armés, non ? Ce qui compte c'est de posséder les codes pour ouvrir les portes et sortir.

— Encore des morts…

— Ça ne t'a pas posé de problème la nuit dernière.

— J'avais trop bu, je te l'ai déjà dit.

— Arrête Alex, tu as dégommé deux types que tu n'avais jamais rencontrés.

— Ils t'agressaient.

— Genre ! T'aurais agi comme ça au temps où tu batifolais avec ta Maëlys ? »

Oups ! Ça m'a échappé. Gare à la tempête !

« Tu as fouillé dans mon journal ?

— Ça va ! C'est bon ! C'est toi qui m'as laissé le lire, tu ne t'en souviens pas.

— Tu y as à peine jeté un œil à ce moment-là. Je suis sûr que tu l'as pris pendant que je dormais.

— Peut-être un peu, j'avoue. Mais qu'est-ce que ça change ?

— On doit pouvoir se faire confiance si l'on veut s'en sortir vivant. Je ne sais pas ce que tu y as découvert, mais ça n'est pas ton problème, c'est compris ? »

Apparemment, j'ai loupé deux ou trois trucs compromettants. Heureusement, Alex ne fait pas la gueule. J'en reviens à nos affaires urgentes et passe du côté de la carte : « Tout est détaillé. Regarde. À la différence de la partie avec les codes le plan est légendé : "E" pour "entrepôt", "P" pour "parking" et "R" pour "remise" ; chaque fois avec un numéro à côté. Tu vois ? Ça, c'est l'endroit que Nathan m'a montré : "R2" – comme tu peux le remarquer, il est entouré.

— Donc c'est quoi l'idée ? On pique des armes et de la nourriture, on bute les gardes et on se fait la malle à pied comme trois connards. Regarde autour de toi, il y a plus d'armes et de nourriture que tu ne pourras jamais emporter.

— Ce que tu peux être *relou* ! »

Respire Ashâ ! Respire ! Il va comprendre, ne t'inquiète pas. J'enfonce mon doigt sur le papier pour lui désigner une lettre :

« Tu vois ça ?

— "V" ?

— Oui, "V". Ça ne te dit rien ? "N", nourriture ; "A", arme ; "V" ?

— Voiture ? »

Ça y est ! Monsieur se met à réfléchir. Voiture, véhicule… Peu importe, ça semble évident. Il recule et soupire. Il saisit enfin où je veux en venir.

« Et si les réservoirs sont à sec ou les batteries sont déchargées.

— Quel est l'intérêt d'indiquer leur présence si elles sont inutiles ? »

Il ferme les yeux et se masse les tempes. Je crois que je suis en train de le perdre.

« Je ne sais pas… C'est assez risqué. Nathan t'a parlé de ces voitures ?

— Non, mais je ne lui ai pas posé la question.

— Pourquoi ?

— Tu veux que je te fasse un dessin ?

— Et si ça signifie autre chose. Je ne sais pas moi… vélo ! On fait quoi ? On se tire à bicyclette avec un *4x4* à nos trousses ? Pourquoi pas en trottinette pendant qu'on y est ? Tu as bien vérifié ? Il n'y a pas de "T". »

Putain ! Qu'est-ce qu'il me soule !

« Écoute, je suis sûre de moi, j'ai eu le temps d'y réfléchir suffisamment. De toute façon, on n'a aucune autre solution. »

Je connais le fond de sa pensée, pour lui, on a qu'à rester ici en attendant que la tempête s'évanouisse. Ça, j'ai été claire, c'est hors de question !

« Pourquoi tu n'as pas tenté de fuir plus tôt ? Teddy ne peut pas surveiller tous les contours de cette ville, c'est impossible !

— Qu'est-ce que tu crois ? Que je n'ai jamais essayé ? Le royaume est beaucoup plus étanche que tu ne l'imagines ; ça a tout de suite été sa priorité, il me l'a assez raconté. Et je ne parle même pas des accords passés avec les cités environnantes. Sans voiture, c'est inutile, il nous rattrapera.

— Pourquoi tient-il tant à te retenir ? »

Si je le savais. Je suis sa chose, point ! Je doute qu'il se donne tant de mal pour récupérer un fuyard lambda. Les femmes obsèdent les hommes, c'est tout, même si j'ose espérer que tous ne sont pas comme ça. Regarde Alex, étais-tu vraiment différent avec cette Maëlys que tu aimais tant ? Comment aurais-tu agi avec une armée à ta disposition et tous les pouvoirs pour l'empêcher de partir ? Teddy me retient parce qu'il le peut.

Je pointe un nouveau lieu sur la carte et reviens à notre évasion : « Tu connais cet endroit ?

— Le quartier de la grue effondrée ? Un centre commercial y était en construction avant que le chantier ne s'arrête autour de 2036, je crois. Des activistes l'ont piégé pour protester contre le projet.

— On partage la même *story*. Le bâtiment n'a jamais été achevé, mais le parking sous-terrain était presque terminé. Regarde.

— "V".

— Ça n'est pas très loin d'ici. Une heure de marche à tout

casser ; probablement un peu plus de nuit. On va là-bas, on chope une caisse et on se tire. Bye! Bye! Teddy! »

J'ai repéré ce lieu la première fois que j'ai aperçu la carte et les codes. J'ai cogité pendant des jours puis j'ai compris. Les lettres, les voitures dissimulées. Je suis sûre de moi. J'y ai même planqué quelques affaires, histoire de filer équipée un minimum. J'ai conscience du risque encouru. Si j'ai tort, que mon hypothèse s'avère totalement erronée, on sera tous dans la merde. Mais franchement, ça fait bien longtemps qu'on y est plongé, non ?

TEDDY
MAUVAIS CHOIX

Mon frère a crié : « Y a personne là-haut ! » Le son de sa voix s'était propagé du haut de l'escalier jusqu'à la cave. « On peut jeter un œil dans le jardin si tu veux… », a-t-il ajouté d'un ton monocorde et désabusé. J'ai observé une dernière fois ce qui était autour de moi et prêté davantage attention au nombre incalculable de bouteilles qui tapissaient les murs. Comme je ne réagissais pas, il a réitéré son appel : « T'es là ? Qu'est-ce que tu fous ? T'as trouvé quelque chose ?

— Non. Allons voir dehors, tu as raison ! », ai-je hurlé pour être sûr qu'il ne descende pas…

Je suis retourné auprès d'Etan et nous avons fouillé l'extérieur avec autant de soin. L'ensemble était arboré et riche en cultures. J'ai remarqué les pieds de tomates qui donneraient bientôt de nombreux fruits, comme tout ce que les occupants s'étaient attachés à planter. Malheureusement, nous n'avons découvert aucune trace d'Ashâ et de son nouveau compagnon. Mon frère a tout de suite constaté ma déception, ainsi que la pointe d'agacement qui commençait à se lire sur mon visage irrité. « On ferait mieux de rentrer, il n'y a rien ici ; ni dehors ni dedans. L'autre guignol est sûrement réveillé, je le ferai parler, fais-moi confiance. » Je partageais l'avis d'Etan, en le poussant un peu, Roméo nous fournirait des informations plus solides.

Nous sommes retournés à l'intérieur, tous les deux prêts à employer des méthodes offrant à coup sûr davantage de résultats. La cuisine était telle que nous l'avions abandonnée : les verres brisés, le parfum de l'alcool mélangé à celui des légumes mijotés, le sang sur les portes de placard et sur le sol, les chaises renversées. Rien n'avait bougé, excepté un détail : Roméo avait disparu.

« Putain ! Je t'avais dit qu'on n'aurait pas dû le laisser seul !

— Il ne peut pas être bien loin.

— Si tu m'écoutais parfois, on n'en serait pas là.

— Je t'écouterais quand tu seras capable de rester sobre plus de trente secondes. Fonce vérifier s'il n'est pas sur le trottoir ! Il vient peut-être de s'enfuir. »

Mon frère s'est précipité à l'extérieur en vociférant pendant que je me servais assez de rhum pour engloutir les pensées néfastes qui noyaient mon esprit endolori. Je m'en voulais. Pas d'avoir permis à notre hôte blessé de s'échapper – j'étais persuadé que nous le rattraperions tôt ou tard –, mais de ne pas avoir anticipé les desseins d'Ashâ, qui réussissait à me filer entre les doigts.

Quelques secondes plus tard, Etan est revenu les mains vides, la tête pleine de colère.

« La rue est déserte, il a pu partir n'importe où !

— Il n'ira pas loin. Je vais demander à Vince de poster deux gardes dans le secteur. S'il est planqué dans le coin, nous le saurons très vite.

— Je vais retourner cette baraque de merde !

— Si tu le trouves, fais au moins en sorte qu'on puisse encore l'interroger. »

Je suis reparti vers la voiture et j'ai laissé mon frère évacuer la rage qui lui rongeait les sangs. J'ai immédiatement décroché le microphone de mon émetteur radio pour contacter Vince. Il a répondu presque aussitôt : « Du nouveau ?

— Peut-être. Je veux que tu me colles deux ou trois personnes aux mûriers. Roméo et Rodolphe, ça te parle ?

— L'architecte ? »

J'ai confirmé et lui ai demandé s'il connaissait leur adresse. Il a acquiescé à son tour et m'a questionné sur le type d'intervention souhaité.

« Surveillance. Tu m'avertis si quelqu'un sort de chez eux. Peu importe qui pointe son nez hors de là, personne n'intervient. C'est compris ?

— Oui, Teddy.

— Vous vous contentez de les filer, je m'occuperai du reste. »

J'ai regardé mon frère s'approcher de moi. Etan était furieux. Il m'a rejoint dans le véhicule et a claqué la porte. Il s'est tu jusqu'à notre retour en centre-ville. « Je viens te chercher si j'ai du nouveau », ai-je simplement dit, pendant qu'il descendait de la voiture, à peine apaisée par le court trajet, puis je suis rentré chez moi pour réfléchir et prendre du recul.

Depuis mon réveil tardif, les incidents s'étaient enchaînés sans trêve, j'avais besoin de retrouver mon calme pour renouer avec la sagesse ; trop d'erreurs avaient été commises, il était grand temps de rompre avec la précipitation. J'ai passé mon après-midi à retracer le fil des évènements en remontant aussi loin que je l'ai pu : ma rencontre avec Ashâ, notre relation houleuse et conflictuelle, mon désir inconditionnel et stupide de la conserver auprès de moi, ses différentes tentatives de fuite et surtout, le marché conclu avec Nathan, point de départ de ces mésaventures néfastes.

Tous mes citoyens connaissaient l'existence des codes – j'y tenais –, tout le monde savait leur importance, pourtant, la plupart en ignoraient l'utilité exacte. Les rumeurs allaient bon train : « les codes permettent d'ouvrir des coffres remplis d'objets précieux » ; « ils enferment le harem de Teddy » ; « ils peuvent faire sauter le royaume en cas d'attaques » ; « ils donnent accès à des armes et des véhicules. » Évidemment, des vérités se dissimulaient dans l'amas gargantuesque d'hypothèses émises par mes sujets. Cependant, tout ça ne comptait pour rien, l'objectif n'était pas là. Les posséder influait davantage que le pouvoir de les utiliser. Je supposais bien entendu que Nathan m'avait trahi et avait révélé les informations que je lui avais moi-même livrées le jour de son intronisation, sur les conseils très avisés de mon frère. Cela étant, Ashâ méconnaissait un élément important, les lieutenants eux-mêmes ignoraient la place exacte qu'occupaient les codes dans mon esprit. Ils n'en connaissaient pas non plus tous les détails. Il savait surtout une chose : je leur faisais confiance et c'était bien de cela qu'il s'agissait.

Je ne pouvais surveiller seul l'entièreté de mes terres, j'avais donc besoin d'hommes et de femmes sur lesquels m'appuyer. Chaque lieutenant avait accès aux zones de stockage dont il était chargé, mais également à toutes les autres, ainsi qu'aux points d'entrée et de sortie du royaume. Par ailleurs, si j'apprenais l'ouverture d'un local non attribué, je punissais le fautif de mort sans délai. Cette condition suffisait à calmer la curiosité des plus téméraires et me permettait de maintenir l'équilibre des forces. Les lieutenants se sentaient investis d'une mission particulière et m'offraient en échange une confiance aveugle. Malheureusement, le stratagème ne m'avait pas mis à l'abri de la bêtise, qui avait entraîné Nathan à se servir du précieux sésame pour obtenir les charmes d'Ashâ.

La recrue s'était imaginée plus maline que son souverain ou s'était laissée emporter par un désir trop puissant ; peu importe, Nathan était mort. Et s'il ne l'avait pas été, il l'eût été par la suite ; personne n'échappait à la justice du roi.

À cette époque, j'ignorais la manière dont s'étaient déroulées les dernières minutes de vie de Nathan, je tentais toutefois de découvrir ce qui s'était exactement produit. Probablement qu'Ashâ l'avait séduit, l'avait aguiché à plusieurs reprises et fait monter son envie. Je supposais aussi qu'elle l'avait flatté et l'avait amené à comprendre à quel point elle trouvait les personnes de pouvoir sexy. Je présumais également qu'elle en était venue petit à petit à parler des codes et lui avait demandé s'il faisait partie des privilégiés à les posséder. Sans surprise, cet imbécile avait joué les cadors et avait montré l'importance de sa place au sein des rouages du royaume. Ashâ étant méfiante et désirant plus que tout s'enfuir s'était certainement assurée que Nathan ne lui racontait pas d'histoires en l'obligeant à en utiliser un devant elle. Une fois cette étape franchie, elle avait conclu le *deal* : la précieuse liste contre son joli cul ! Je savais qu'Ashâ était prête à tout, je ne l'imaginais pourtant pas aller jusque-là.

Les deux félons s'étaient ensuite donné rendez-vous dans

un lieu à l'écart du centre afin de conserver une certaine discrétion. À ce moment-là, quelque chose s'était produit. Ashâ avait-elle planifié la mort de Nathan en s'associant à ce type sorti de nulle part ou celui-ci avait-il interrompu sa manigance ? D'après les éléments en ma possession, Nathan avait convié Jo à sa petite sauterie. Sa venue faisait-elle partie du marché ou était-ce l'ingrédient perturbateur qui avait propulsé les deux hommes au fond du trou ? Je l'ignorais.

Mon esprit s'est échauffé la journée entière, jusqu'à ce que le ciel s'assombrisse et qu'un soleil rouge s'effondre sur ma ville. J'ai contemplé mon royaume enveloppé d'une lumière mordorée puis je suis retourné m'asseoir à mon bureau pour y noter mes certitudes :

« 1. Ashâ est armée et accompagnée d'une personne qui l'est également.

2. Ashâ ne craint rien ni personne et n'hésitera pas à tuer quiconque se placera en travers de son chemin.

3. Ashâ est en possession des codes et s'en servira pour s'enfuir. quoi qu'il lui en coûte.

4. Ashâ sait sans doute que ceux-ci ouvrent les portes des lieux de stockage.

5. Ashâ dispose peut-être d'une partie des clés pour décrypter leur fonctionnement. mais en ignore certains aspects. »

Alors que mon cerveau connectait enfin les différentes pièces du puzzle, ma radio a émis un crachotement avant de diffuser plus nettement l'appel de Vince :

« Teddy ? Tu me reçois ?

— Je t'écoute.

— Ça a bougé aux mûriers. On m'a informé que trois personnes venaient de sortir.

— Tu es sûr du compte ?

— Affirmatif. Trois personnes.

— Dis à tes gars de ne pas les lâcher. J'arrive. »

Ainsi, j'ai compris que Roméo avait rejoint Ashâ et notre mystérieux inconnu, apparemment restés planqués dans la maison contrairement à ce que nous avions pensé. Tous les trois s'apprêtaient à fuir avec la naïveté de croire que les mailles de mon filet étaient franchissables.

Je suis retourné à la voiture puis j'ai embarqué une fois de plus Etan. Mon frère était amorphe et complètement saoul. Ses paupières tombaient sur ses yeux délavés et je me demandais sincèrement comment ses jambes pouvaient encore porter ce corps titubant à la manière d'une marionnette au bout d'un fil.

Etan a éructé bruyamment et m'a questionné sur notre destination. En guise de réponse, je l'ai interrogé à mon tour : « Tu te souviens de ce qui s'est passé aujourd'hui ? » Il a soupiré, a retenu un haut-le-cœur et a tenté de me relater une partie de ce qui lui restait en mémoire : « Ta pute s'est barrée, c'est ça ? » Je me suis gardé de lui en coller une, sans doute était-ce ce qu'il espérait. « Trois personnes sont sorties de la maison, il y a quelques minutes.

— Quelle maison ? De quoi tu parles ?

— Fais un effort, s'il te plaît. Roméo, Rodolphe, ça ne te dit rien. »

Il a ricané.

« Je peux savoir ce qui te fait rire ?

— Ah ! Frangin ! Petit frère ! ajouta-t-il en gloussant.

— Je me demande tous les jours lequel d'entre nous est l'aîné.

— Je sais très bien que tu me prends pour un raté. C'est ce que papa pensait aussi, pas vrai ? Tu es tellement plus intelligent ! Tellement plus cultivé !

— Arrête de jouer les victimes, personne d'autre que toi ne décide de la place que tu occupes désormais. »

Il a détourné le regard et s'est contenté d'observer à travers la vitre quelques instants. Finalement, il s'est retourné et a élevé la voix d'un seul coup : « Tu peux me dire ce qu'on est en train de fabriquer ! Rassure-moi, ils les ont chopés ?

— La mémoire te revient, ça y est. J'ai demandé à Vince de les faire suivre, je tiens à me charger du reste.

— Tu perds les pédales à cause de cette poufiasse ! Si tu ne veux pas la lâcher, ordonne-leur au moins de la stopper. Tu comptes encore dépenser combien d'énergie pour rattraper cette meuf inutile ?

— Et toi, quelle énergie comptes-tu encore gaspiller pour te foutre en l'air ?

— T'en fais pas, tu trouveras bien quelqu'un pour jouer les gros bras à ma place. »

ALEX
TRAQUÉS

Armés, équipés, nous attendîmes la tombée de la nuit pour quitter notre antre. Le plan était simple : profiter de l'obscurité pour rejoindre le plus rapidement possible le parking où se trouvaient les véhicules conservés par Teddy, en espérant que ceux-ci nous permettraient de nous échapper de ce cauchemar. En réalité, je demeurais perplexe, trop d'incertitudes accompagnaient les calculs échafaudés par notre cheffe de file. Malheureusement, mes choix étaient restreints et je m'étais rangé derrière Ashâ. Ma foi primait désormais ma raison.

Le clair de lune élargissait les ombres absorbées par la grisaille nocturne des trottoirs du quartier des mûriers. J'observai quelques lueurs à travers les fenêtres voisines et priai pour que personne ne constate le déplacement de notre petit groupe. Nous progressions tant bien que mal, courbés par les affres du spectre royal planant au-dessus de nous. Ashâ menait la danse. Comme chaque fois que le danger nous menaçait, elle se métamorphosait, féline, frôlant le sol sans révéler sa présence. Roméo et moi tentions d'imiter ses foulées aériennes avec beaucoup moins d'efficacité ; je traînais la patte avec la même grâce qu'un chien boiteux et marchais derrière mon acolyte tiraillé lui aussi par la douleur provoquée par sa blessure à la main. Nous souffrions toutefois en silence ; la rage au ventre ; déterminés. Nos sens en éveil, nous nous figions à chaque bruit suspect et haïssions chats errants et rats turbulents. Une poubelle tombée, une caisse bousculée ou une fenêtre soudainement ouverte nous transformaient immédiatement en statue de sel. Cela ne m'empêcha pas d'examiner régulièrement mes arrières, car je craignais à chaque instant d'être filé. J'ignorais pourquoi, mais ce sentiment ne me lâchait pas. L'impression d'une présence par-dessus mon épaule – cette sensation inexplicable, vestige de mes facultés primaires – m'avertissait de l'existence d'une menace invisible.

Nous traversâmes plusieurs ruelles et voies désertes, jusqu'à ce que j'interrompe notre course. J'étais désormais sûr de moi, nous étions suivis. « Psst ! », sifflai-je pour stopper mes compagnons. Ashâ et Roméo se retournèrent en même temps. Je pointai mes yeux, puis le ciel et exécutai un cercle avec l'index pour partager sourdement mon intuition que quelqu'un nous observait. Mes camarades hochèrent la tête et nous nous plaquâmes contre une porte de garage enveloppée de la noirceur opaque des ténèbres urbaines ; trois sculptures de chair et d'os, le teint pâle et le regard éteint. Nous demeurâmes ainsi, immobiles pendant plusieurs minutes. Durant ces instants volatiles, j'imaginai un enfant s'approcher de nous et piquer nos corps arrêtés dans ces positions étranges pour vérifier notre consistance réelle. Rien à part la tiédeur de nos souffles expirés ne trahissait notre existence.

Finalement, un unique silence fracassa nos tympans aguerris.

J'étouffai ma voix et me décidai à exposer mes tracas : « Nous ne sommes pas seuls, j'en suis certain !

— Il faut qu'on avance, on n'a plus le choix.

— Ashâ a raison, ajouta Roméo. Qu'on nous suive ou pas, ça ne change rien. Il est trop tard pour se cacher. On peut y arriver si on se dépêche.

— La garde nous aurait déjà ligotés. Ce sont sûrement des p'tits malins qui pensent pouvoir nous racketter. Ne t'inquiète pas, je me charge de les recevoir, conclut Ashâ avant de reprendre la route. »

Je ne disposais pas d'une meilleure explication, mon intuition ne me quitta pas pour autant, je progressai de plus en plus préoccupé par cette sensation désagréable. Quelques minutes après, alors que nous cheminions toujours d'un pas décidé, c'est Ashâ qui s'accroupit brusquement et nous fit signe de l'imiter. À nouveau, nous devions nous arrêter, à nouveau mon pressentiment s'exprimait. « Je te l'ai dit, quelqu'un nous file. » Je distinguais à peine le visage de notre guide, juste une lueur tourmentée dans sa pupille dilatée. Elle baissa la tête, inspira profondément et se leva d'un bon. « Suivez-moi ! » criat-elle d'une voix camouflée avant de s'élancer vers une ruelle adjacente. Roméo lui emboîta le pas, moi, je serrai les dents et ralliai la troupe.

Arrivé à l'intersection, je jetai un regard au loin. Une forme obscure émergea de l'horizon voilé et confirma mes préoccupations. Aussitôt, je me précipitai vers le passage étroit et tentai de rattraper péniblement mes compagnons. Ashâ me fit signe de les rejoindre dans une venelle où s'entassaient des déchets et des sacs crevés par les nuisibles du quartier. « Viens te cacher !

Vite ! » J'exprimai mes jurons en silence, puis m'enfonçai parmi les détritus, en priant pour que notre poursuivant continue sa route et ne songe pas à fouiller notre planque de fortune. Très franchement, je comptai peu sur cette hypothèse et agrippai encore davantage mon fusil, que j'espérais ne pas avoir à faire résonner une fois de plus. Ashâ et Roméo, apparemment du même avis, empoignèrent leurs armes respectives. J'ignorais si lui avait déjà tiré sur quelqu'un et serait capable de presser la détente, elle, je ne doutais pas de sa motivation ; Ashâ visait un unique but et nul n'aurait su l'empêcher de l'atteindre.

Nous entendîmes très vite l'individu approcher ; son souffle haletant et paniqué accompagnait le son assourdi de ses semelles de caoutchouc. Celui-ci ralentit en arrivant à l'intersection qui croisait notre chemin. Nous n'étions qu'à quelques mètres et décelions chacun de ses mouvements. Hélas, comme je m'y attendais, il avança dans notre direction. Je l'imaginais fouiller du regard chaque recoin et frapper du pied les sacs qui obstruaient son passage. Les ordures entassées autour de nous exhalaient des odeurs nauséabondes, une puanteur à faire gerber les plus solides, pourtant aucun de nous ne donna signe de vie jusqu'à ce que l'intrus nous frôlât un peu trop près. Le temps d'une seconde, une vision me traversa. Je vis Ashâ jaillir de sa cachette, viser l'ennemi et tirer ; je vis Roméo blessé par l'adversaire ; je vis le chagrin, la douleur, les morts et la colère. Mais alors que mon esprit fantasque dessinait la tigresse, ses crocs acérés plantés dans le cou de l'attaquant, l'agneau s'échappa. Roméo sortit sans que nous puissions agir.

Une voix féminine s'éleva de l'ombre : « Stop ! Tu ne bouges pas où je tapisse les murs avec ta cervelle, c'est compris ? »

Roméo acquiesça silencieusement. Elle poursuivit ses injonctions : « Pose ton arme doucement au sol et fais-la glisser vers moi. Tranquillement. » J'entendis le métal frotter le bitume râpé puis le son du pistolet qui s'enfonça dans la ceinture de l'étrangère. Nous ignorions toujours tout de cette femme. Que s'apprêtait-elle à faire de lui ? Espérait-elle quelque chose à manger ou était-elle membre de la garde ? Le couperet tomba : « J'ai chopé Roméo », prononça-t-elle dans son *talkie-walkie*, qui crachota trois secondes après. Celui qui semblait être son supérieur répondit : « T'étais seulement censée les suivre, qu'est-ce que t'as foutue ?

— Ils ont dû me capter. Ils ont tracé d'un seul coup. Je cherchais après eux et il s'est rendu.

— Putain, ça va pas plaire à Teddy cette histoire. Attends une seconde. »

Je savais que les autres ne tarderaient pas à se pointer et fouilleraient les alentours de fond en comble ; nous devions agir vite sans quoi ils nous débusqueraient à coup sûr. J'aurais pu sortir, tonitruant, et tirer à tout va, cependant l'option demeurait périlleuse. Je doutais de la position exacte de notre adversaire et je risquais de blesser Roméo en lui offrant une balle perdue dont il se serait certainement passé. Pour être franc, contrairement à ce que devait penser Ashâ, je ne m'imaginais pas non plus tuer cette fille dont j'ignorais tout. À la différence du fameux Nathan et de son acolyte dont j'avais pu évaluer sans difficulté le fond putride de leurs âmes en décomposition.

Le grésillement du récepteur retentit de nouveau, suivi de la même voix soucieuse qui s'était exprimée précédemment : « Où êtes-vous ?

— Résidence de l'arsenal. Enfin, ce qu'il en reste. Bâtiment D, je crois. Ils avançaient en direction de la médiathèque.

— OK. Tu me le gardes au chaud et tu attends. Les autres ne sont sûrement pas très loin, on arrive. »

Impossible de savoir si le gros de la troupe était à proximité ni combien de personnes la composaient. Chaque seconde nous rapprochait un peu plus d'une fin à laquelle je ne préférais pas songer. Roméo s'était rendu, en espérant créer une diversion pour nous sauver, malheureusement, son stratagème improvisé nous mit surtout dans l'embarras. Nous étions pris au piège de sa naïveté, encerclés de pourritures. Tandis que je m'interrogeais sur la situation et me demandais si une voie alternative était envisageable, Ashâ bondit de sa cachette et plaça l'inconnue en joue. Tout s'était déroulé très vite, tel que je l'avais rêvassé plus tôt. Je sortis à mon tour quelques secondes plus tard et découvris notre compagnon de voyage tremblant, le canon d'un flingue appuyé contre la tempe et une lame dessinant le contour de sa gorge.

« Si l'un de vous deux bouge, je le lui tranche son mignon petit cou. »

L'ennemie tentait de prendre le dessus en feignant une assurance peu crédible, son visage dévoilé par la lumière diaphane des rayons de lune et sa voix fragile trahissaient ses propres peurs. La demoiselle craignait sans doute autant de donner la mort que d'y perdre la vie.

« Lâche-le. Si tu le tues, tu seras la suivante. Tu le sais, l'avertit Ashâ.

— Peut-être, mais on sera tous perdants dans l'histoire. Ton ami sera mort quoiqu'il arrive.

— Je mourrai aussi si j'attends. J'ai trop galéré pour en rester là. »

Ashâ se radoucit dans l'espoir d'atteindre la fibre sensible de son adversaire : « Qu'est-ce que ça peut te faire ? Laisse-nous partir, tu n'as rien à y gagner non plus. » Cependant, celle-ci ne céda pas : « Je n'ai pas l'intention de me faire corriger à ta place. Tes problèmes ne m'intéressent pas, je n'ai qu'à patienter tranquillement jusqu'à ce que les autres débarquent. Ils s'occuperont de vous. »

La jeune fille avait raison, nous aurions pu nous regarder dans le blanc des yeux pendant des heures, ça n'aurait rien changé, personne n'aurait tiré de peur de blesser un proche ou être blessé soi-même. Il était temps pour moi d'abattre ma dernière carte. Je conservai mon canon pointé vers notre ennemie et m'adressai à Ashâ : « C'est le moment pour toi de filer.

— Qu'est-ce que tu racontes ? Vous êtes foutus si je m'en vais.

— Foutus pour foutus. On dirait que cette vie n'a plus rien à m'apporter. Toi au moins tu sais pourquoi tu fais tout ça.

— Arrêtez de jacasser ! Si elle s'échappe, c'est lui qui en subira les conséquences. »

Sa nervosité apparente m'invita à l'intimider davantage. Je lui rappelai la manière dont je m'étais occupé de ses acolytes et lui expliquai comment je procéderai de même avec elle : « Tu crois que j'hésiterai à exploser ton joli minois. Je peux t'assurer que ces murs se souviendront de toi à jamais. »

Elle me regarda avec ses yeux embués. Nous participions tous les quatre à une partie de poker dont l'unique issue était la mort pour l'un d'entre nous. J'augmentai la pression pour précipiter la fin du jeu : « Tire-toi Ashâ ! Les autres arriveront bientôt. Tu l'as dit tout à l'heure, tu as trop galéré, c'est pas le moment de flancher ! Qu'est-ce que t'en as à foutre de moi ? On se connaît depuis deux jours. Que tu craignes pour lui, à la rigueur. Ne t'inquiète pas, il s'en remettra. Il en chiera sûrement, mais il s'en remettra. Tu n'as qu'une chance, saisis-la ! » Roméo abonda dans mon sens : « Il a raison. C'est moi qui me suis rendu. Et puis de toute façon, que veux-tu que je fasse désormais sans Rodolphe ? Ma vie est fichue.

— La ferme ! cria la jeune fille, qui ne supportait visiblement plus notre étalage d'arguments. »

Je me souviens du regard qu'Ashâ nous jeta ; des yeux coupables et résolus. Elle essuya ses larmes du revers de la main, renifla la morve de son nez et balaya ce qui en restait d'un autre geste. Puis, résignée, elle se retourna et s'évanouit dans l'obscurité. Moi, je ne bougeai pas et serrai mon arme, le doigt crispé sur la gâchette, contemplant la rage qui écrasait la mâchoire de mon opposante incapable de mettre ses menaces à exécution.

ASHÂ
PARDONNEZ-MOI

File ! File Ashâ ! Cours et ne te retourne pas. Ne réfléchis pas. Avale la route, dévore le bitume, dégomme l'asphalte. Devant toi s'étend l'avenir, derrière le chagrin et les regrets. Pardonne-moi Roméo, pardonne-moi. Mon égoïsme a brisé ton existence, détruis ta joie et tes espoirs et moi, moi, je t'abandonne. Je te plante là, pris au piège, avec comme unique perspective, la mort ou les tourments. Pardonne-moi Rodolphe, pardonne-moi. Tu y as laissé ta vie et ton amour, juste par bonté, générosité et bravoure. Pardonne-moi Alex, pardonne-moi. Je sais que je t'en ai fait baver, que je ne t'ai pas toujours traité avec respect, alors que tu as seulement cherché à m'aider. J'ignore ce que tu avais derrière la tête, les raisons qui t'ont poussé à te soucier d'un autre que toi après tant d'années passées à éviter tous ceux qui t'entouraient. Tu me répètes que c'est l'alcool. Peut-être. Moi, je crois que t'es un type bien qui n'a pas eu de bol. Ce monde pourri nous a nourris de ses pires saloperies, jusqu'à nous transformer en zombies sans but. T'as sans doute imaginé qu'un dernier sacrifice te sauverait et effacerait ton ardoise. Foutaise ! Au-delà du mur de la vie ne subsiste qu'un vide béant, noir et sans fond. Sans fin. Vous vous êtes tous dévoués à ma cause, heureusement, vous ne savez pas à quel point je trouve ça stupide et inutile ! Pourquoi mon destin vaudrait-il plus que le vôtre ? Tant pis pour vous ! Vous êtes trop cons ! Trop cons !

Je n'y vois rien avec ces larmes dans mes yeux. Fais chier ! Pourquoi je pleure ? Quelle idiote ! C'était ce que je voulais, non ? Je me flagelle, me goinfre de culpabilité, pourtant je ne suis pas la seule fautive. Le vrai responsable, c'est lui. Lui ! Ce salaud ! On n'oblige pas les gens, on ne les force pas ! Il prétend servir nos intérêts, tu parles ! Teddy peut abreuver la populace de son discours mielleux tant qu'il le souhaitera, la vérité, c'est que monsieur se prend pour un roi élu par dieu comme au moyen-âge. Putain de cinglé ! Qu'il construise son royaume si ça le chante et que les autres le suivent en mode moutons ; je m'en tape ! Tout ça, c'est terminé pour moi. Je me démerderai seule. Je préfère encore bouffer des vers et dormir à même le sol durant des mois plutôt que d'être à proximité de cet enfoiré.

J'ai trop chaud, ma tête tourne. Je vais gerber si je ne m'arrête pas une minute. Trop tard ! La bile me brûle, son goût acide remonte les parois de mon gosier et enveloppe ma bouche asséchée. Je crache et vomis mes tripes sur la chaussée noire, mes guiboles frétillent et fondent comme la neige au soleil, je m'effondre.

Mon esprit s'est fait la malle quelques secondes ou quelques minutes, je n'en sais rien ; pas davantage, je l'espère. La lune est toujours à sa place, ça me rassure. Mes forces m'ont lâchée. T'es pas une machine Ashâ. Tu pleures, tu saignes, tu gémis ta douleur. Ta chair t'avertit, elle te met en garde. Tu risques gros.

J'ai envie de disparaître. M'évaporer dans la nuit, échapper à ce réel qui me retient, m'agrippe et me rappelle à lui. Je ne suis plus qu'une masse molle échouée dans une ruelle fantôme, incapable de crier de peur d'alerter l'ennemi. Alors, je chiale en silence et frissonne, cogne le sol de toutes mes forces. Comme si je pouvais l'esquinter, que mes petits poings miséreux pouvaient égratigner la peau grise et dure de cette cité délitée, ébrécher la surface de cette prison, château de cartes collé aux illusions.

Une détonation interrompt mes pathétiques sanglots. Le son vif pourchassé par son souffle effilé comme la queue d'une comète a percuté les bâtiments et rebondi jusqu'à moi. Le coup de feu a remis mes idées en place et secoue mon corps évanoui ; un électrochoc pour relancer la machine ; deux mille volts d'énergie pour réveiller ma chair ramollie.

Je me redresse, pivote sur les genoux et jette un regard embué en arrière. Je balaie mon chagrin d'un revers de main, puis j'observe le décor sinistre découpé à l'encre de chine. Ombre et lumière ; au loin, le mystère. Pas le temps d'attendre pour savoir qui en surgira. Roméo ? Alex ? La garce qui nous a suivis ? Teddy ? Peu importe. *Lève-toi, putain ! Lève-toi ! T'as pas fait tout ça pour rien.* Si ces morts doivent servir à quelque chose, c'est au moins à te faire sortir d'ici. Tu vas faire quoi ? Rester là ? Affalée comme une merde à moisir jusqu'à ce que la garde vienne te ramasser. *Putain Ashâ ! Lève-toi !* De toute façon, tu finiras dehors ou à terre ; libre ou crevée. Autant tenir compagnie à la faucheuse qu'à son imposteur.

Un pied au sol, puis un autre. Ma main droite soutient ma tête endolorie. Je tiens debout, c'est un début, malheureusement je vacille encore. Les bâtiments bougent autour de moi. Je les regarde, tente de les arrêter, mais les battements de mon cœur tambourinent contre ma poitrine et rythment leur danse folle. Finalement, je me stabilise, cherche l'équilibre telle une funambule à l'entraînement. Mon pouls ralentit. À présent, les pulsations résonnent dans mon crâne comme une injonction : « Fonce Ashâ ! Fonce ! »

Je fronce les sourcils, m'élance et repars. J'avance lentement, puis plus vite, de plus en plus vite. Enfin, je bouffe l'air, l'oxygène gonfle mes poumons échauffés, la rage agite mes pattes. Je cours, sautille, grimpe et virevolte. Le mouvement m'anime, l'énergie du désespoir me propulse. Tenace, les nerfs à vif, j'enquille les rues les unes après les autres. Soudain, le champ s'ouvre, les immeubles et les maisons s'effacent. Un parterre de décombres s'étend sous le ciel étoilé. J'y suis. Ça y est ! J'ai réussi.

Mes yeux dégoulinent à nouveau, une différence : cette fois, je pleure de joie. La grue est là, échouée de tout son long sur le terrain vague devenu cimetière d'un monde déchu. Comme une photo d'un futur alternatif, un immense panneau encore debout exhibe fièrement des images factices du centre commercial qui n'a jamais vu le jour. L'affiche est délavée, à peine révélée par la clarté lunaire, mais je distingue nettement ce qu'elle représente. Une structure translucide sépare un azur radieux d'une foule épanouie et heureuse. Personne n'a l'air vrai. On dirait des figurines de plomb ou de plastique posées sur une maquette de synthèse ; des fantômes inanimés, figés dans une position éternelle. Ils sont dans les *starting-blocks*, prêts à claquer leurs thunes pour se payer la dernière paire de baskets en vogue ou je ne sais quelle sape démodée la semaine suivante. Quelqu'un y a bombé une épitaphe : « Ici gît le cadavre de la société de consommation et du capitalisme à outrance. » Je suis certaine que des connards viennent s'y recueillir. Combien regrettent cette époque ? J'étais une gamine quand cet idéal subsistait dans la tête de la plupart des gens, pourtant, même si je rêve d'évasion, je n'éprouve aucune nostalgie à l'égard de cette représentation illusoire de liberté.

En tombant, la grue a pulvérisé plusieurs camions et voitures. Sa structure ressemble aux squelettes d'un animal décharné. Elle est rouillée et couverte de poussière, perdue au milieu des piliers de béton percés de tiges de fer, tous alignés comme des pierres tombales.

C'est ici que j'ai planqué des affaires quelques jours plus tôt. Elles sont à l'autre bout du chantier ; à seulement quelques dizaines de mètres de l'entrée du parking souterrain.

Le lieu semble désert, je préfère quand même me camoufler pour observer les alentours. Juste écouter. C'est pas le moment de tout faire foirer, Teddy a très bien pu me devancer ou avoir été averti de ma destination.

Comme je ne peux pas attendre des heures, je m'élance en mode chatte discrète et silencieuse. J'avance, souple et légère ; invisible et muette. En cet instant, je n'existe plus, je suis à peine une ombre, un souffle, une respiration.

Je déboule et roule jusqu'à ma cache. Le sac est là. Apparemment, personne ne l'a fouillé. Tout y est : un t-shirt, un sweat et un fute de rechange, un peu de bouffe sèche, une gourde remplie d'eau, un couteau, un vieux plan de la région, une lampe de poche à dynamo et des jumelles que j'ai chourées chez Nathan. Rien de sophistiqué, suffisant pour inspecter les environs, même la nuit. En ce moment, la lune est pleine, ça sera toujours mieux que rien.

J'emporte le tout et décide de me dénicher un point de vue. Je dois grimper quelque part. Un endroit où je materai sans être capté. Un camion de chantier n'est pas loin, la cabine est en hauteur, ça fera l'affaire. Juste une centaine de mètres à avaler.

C'est reparti! *Run baby! Run!* Un bloc de béton, deux blocs de béton, trois, quatre… Le *sprint* s'achève le temps d'un battement de cil. Je prends appui sur le marchepied. *Ouf !* La porte s'ouvre. Je me glisse à l'intérieur. Le siège en cuir froid et poussiéreux crisse sous mon poids plume. Je reste allongé quelques secondes, histoire de me rassurer. Si je n'entends rien, c'est que personne ne m'a vu, non? Je relève la tête et chope mes jumelles pour observer l'entrée. *La voie est libre.*

TEDDY
FRÈRES DE SANG

Je roulais à travers la ville éteinte pour toujours, les doigts crispés sur le volant de cuir. Un lourd silence enveloppait notre progression. Je ne le regardais pas, pourtant je sentais toute la colère qui agitait mon frère ; Etan était une cocotte-minute bourrée de gaz comprimé, prête à exploser.

Finalement, ses mots ont éclaté l'instant :

« Arrête cette putain de caisse ! »

Le temps pressait, je n'ai pas répondu à l'injonction. Sans surprise, il a réitéré sa demande plus vivement. Je n'ai pas ralenti. Au contraire, j'ai fixé la route et j'ai accéléré. Le véhicule avalait les rues désertes de plus en plus vite, ce qui ne l'a pas empêché de se jeter sur moi pour essayer de nous stopper. J'ai agrippé le volant et tenté d'éviter l'accident, malheureusement, la bagnole a glissé le long d'une barrière. Par chance, j'ai braqué les roues dans l'autre sens et nous sommes revenus sur la chaussée. Etan a recommencé. Il hurlait comme un forcené :

« Arrête ! Arrête cette bagnole ! »

J'ai freiné d'un coup sec. Les pneus ont crissé et tracé un sillon noir sur le bitume anthracite. Ma voiture remise à neuf quelques jours plus tôt ressemblait à une épave bonne pour la casse. Griffes, bosses, rayures, poussière… seul le moteur était intact.

Assis dans la quiétude de l'habitacle, j'ai exprimé mon exaspération : « Qu'est-ce qu'il y a ? Hein ? T'as envie de me démolir aussi ? Regarde-toi ! T'es une loque ! Qu'est-ce que tu veux ? Que je pleure sur ta vie misérable ? Tu pues l'alcool à peine levé et tu cognes sur tout ce qui bouge. »

Il est sorti en claquant la porte et a fixé le ciel. Mon frère tournait et tournait, incapable de rester immobile, le crâne serré entre ses paumes, la rage coincée au fond de la gorge. Puis il s'est élancé vers le trottoir d'en face et s'est arrêté face à une poubelle rouillée. Un unique rivet branlant l'empêchait de se fracasser sur le sol. Il a détaché la corbeille métallique de son socle délabré sans effort et l'a lancée à travers la vitrine d'une ancienne supérette. Le bruit du verre brisé s'est propagé dans toute la rue. Aussitôt, j'ai aperçu quelques regards curieux derrière les rideaux ternis et les volets cabossés, qui habillaient toujours les fenêtres environnantes. J'ai traversé à mon tour pour le rejoindre. Je me suis approché et je lui ai demandé de se calmer. Malgré le ton ferme que j'avais adopté, il a foncé sur moi comme un taureau qui charge.

Je ne suis pas tombé.

« Lâche-moi, OK ! Qu'est-ce que ça peut foutre, hein ? Tout est à toi, non ? Cette ville de merde ! »

Etan a empoigné un poteau de signalisation et l'a basculé d'avant en arrière pour essayer de le déloger du sol. Le support a fini par bouger sous la force des mouvements répétés, mais mon frère n'a pas réussi à l'extraire. Il a hurlé. Il souffrait, je le savais ; or désormais, je constatais pleinement toute sa peine.

J'ai décidé de m'assagir, m'énerver davantage aurait de toute façon envenimé la situation. Je me suis à nouveau approché de lui et j'ai plongé mes yeux dans son regard gris. Il a tenté de se dérober, alors j'ai saisi sa mâchoire serrée entre mes doigts. Sa respiration était forte et saccadée. Soudain, ses pupilles dilatées se sont noyées dans le chagrin. Je l'ai plaqué contre moi. Il s'est agrippé à ma veste et m'a pressé de toutes ses forces ; j'ai cru qu'il allait me broyer le dos. Et puis, tous ses muscles se sont relâchés. D'un coup. J'ai senti son corps s'effondrer sur moi. Je l'ai retenu. Il a pleuré comme un enfant.

La colère d'Etan l'avait rongé et détruit, toutefois j'espérais qu'il n'était pas trop tard.

« Fais-moi confiance, mon frère, je vais te sortir de là. »

Il n'a pas répondu immédiatement. Nous sommes restés ainsi deux ou trois minutes, puis il a reculé.

« Laisse tomber. Tu ne comprendras jamais. Je suis un bon à rien. Je ne sers à rien. »

Etan se dandinait, tournait la tête à droite puis à gauche et reniflait sans arrêt. Ses longs bras pendaient dans le vide tandis que ses jambes un peu trop grandes semblaient à peine tenir à ce corps désarticulé.

« C'est bientôt fini ce bordel ? »

Une fenêtre s'était ouverte et avait laissé échapper l'agacement manifeste d'un citoyen en colère.

J'ai levé le nez et regardé le type qui en dépassait. Sa femme le tirait par l'épaule et le sommait de retourner à l'intérieur. Je les ai rassurés en bon roi, responsable du bien-être de ses sujets :

« Rentrez chez vous, il n'y a rien à voir. Tout est réglé, ne vous inquiétez pas.

— Il y a intérêt, ouais !

— Arrête chéri, s'il te plaît, on ne sait pas à qui on a à faire.

— On ne va quand même pas accepter d'être emmerdé par des connards en pleine nuit ! »

J'ai marché jusqu'à eux, Etan n'a pas bougé, l'oreille tendue, à l'affût malgré son état catatonique. J'ai presque pu distinguer le visage de l'inconnu téméraire blêmir lorsqu'il m'a aperçu plus nettement.

« Excusez-moi Teddy, je… je… je n'aurais jamais pensé que c'était vous. » La femme n'a pas dissimulé son commentaire : « Je t'avais demandé de te taire, il faut toujours que tu l'ouvres. » Je me suis empressé de la calmer : « Ne vous inquiétez pas, madame. Votre mari ignorait que c'était moi. Vous pouvez rentrer chez vous. C'est terminé. »

Le couple a obéi.

Mon frère était resté derrière moi. Il ne pleurait plus, son regard s'était éteint. J'en ai profité pour reprendre la direction des opérations : « On doit se dépêcher. » Il n'a rien dit. Il est juste retourné à l'intérieur du véhicule abîmé, puis nous sommes repartis.

La radio a crachoté alors que nous parvenions à proximité du quartier des mûriers. « Ici Vince. J'ai du nouveau.

— Je t'écoute, ai-je répondu en attrapant le micro.

— On a récupéré Roméo. »

L'imbécile pensait sans doute me satisfaire avec sa misérable capture, en réalité, il m'agaçait.

« N'agissez pas avant que j'arrive. Ça n'était pas suffisamment clair pour toi ?

— Si Teddy. »

J'imaginais sa tête de chien battu pendu à son *talkie-walkie*. Le sous-lieutenant avait pris du grade à peine quelques heures plus tôt et enchaînait les bourdes malgré lui, assisté par une troupe tout aussi malhabile.

« Apparemment pas, ai-je conclu légitimement. Où sont les autres ? Où est Ashâ ?

— On ne sait pas. Ils ont d'abord filé tous les trois, on a perdu leur trace quelques minutes et le type est sorti d'une planque. Elle n'est certainement pas loin. Quels sont les ordres ? »

À nouveau, j'ai arrêté la voiture et j'ai respiré profondément en évitant de trop prêter attention à Etan, qui demeurait ailleurs. J'avais besoin de réfléchir, penser, anticiper.

« Teddy ? »

La voix de Vince n'était plus qu'un écho lointain peinant à pénétrer mes tympans bouchés par le flot d'hypothèses déversées dans mon esprit en ébullition.

« Où l'avez-vous intercepté ? ai-je finalement demandé.

— Résidence de l'arsenal en direction de la médiathèque. »

Je connaissais cette ville mieux que n'importe qui. Chaque rue, ruelle, impasse, centimètre de béton et de verdure ; chaque immeuble et maison, chaque friche, chaque chantier… Ma cité était cartographiée au cœur de mon cerveau. Un plan en trois dimensions dans lequel je me mouvais aussi facilement qu'un rat dans les égouts. Ainsi, j'ai visualisé le lotissement abandonné, la médiathèque et ses alentours ; en quelques secondes, j'ai tracé le chemin emprunté par Ashâ depuis son évasion, songé à ses ambitions, revu plusieurs fois le film des évènements. Jusqu'à ce que mon frère à peine remis de ses émotions intervienne :

« Qu'est-ce que tu fous ? Tu débloques ou quoi ? Tu voulais te dépêcher et on te croirait paumé dans une autre galaxie. »

Les gens ont sans cesse souhaité aller plus vite. Depuis la nuit des temps, l'être humain a cherché à accélérer ses déplacements. Évidemment, courir sans arrêt est épuisant, alors il a utilisé les animaux. D'abord en les montant et en fabriquant des attelages ; plus de monde, moins de bêtes. Puis, il a inventé la machine à vapeur, géant de fer nourri au charbon extrait des entrailles de mère Nature. Bien sûr, il n'en est pas resté là et les a siphonnées, il les a pressées jusqu'à en extirper chaque litre de pétrole, chaque gramme d'or, de cuivre, d'argent et de silice. *Homo sapiens* a construit des voitures, des bus, des trains, des bateaux, des hélicoptères, des avions, des fusées ; des moyens de transport toujours plus grands, plus hauts, plus gros. Tout ça dans un unique but : allez plus vite, plus loin. Malheureusement, son empressement l'a conduit hors de la route. Au lieu de ralentir, hommes et femmes se sont hâtés et ont laissé leur fougue et leur impétuosité les envahir. Pourtant, sages et philosophes nous ont éternellement avertis et invités à ne pas confondre vitesse et précipitation.

Bêtement, j'avais commis la même erreur qu'Ashâ, que j'avais traquée et pourchassée comme le chat avec la souris, sans songer suffisamment à ce qu'elle avait envisagé dès le départ. À cet instant, l'avenir a cessé de vibrer pour se figer dans un état enfin lisible. Je n'étais plus le pion sur l'échiquier, mais bien le joueur prêt à vaincre son rival. Ashâ et son nouveau chevalier servant n'étaient plus qu'une reine et un cavalier à faire tomber.

Je me suis tourné vers Etan et je l'ai regardé quelques secondes avant de lui répondre : « Qu'est-ce que veut Ashâ d'après toi ?

— Tu te fous de ma gueule, c'est ça ?

— Non. Que cherche-t-elle ? »

Mon frère a très vite renoué avec sa verve caractéristique :

« Ta *pouf* s'est tirée parce qu'elle en a plein le cul de t'avoir sur le dos.

— Ashâ ne désire qu'une chose : se sauver le plus loin possible de cet endroit. Mais elle a aussi conscience qu'on la rattrapera si elle n'est pas assez rapidement hors de notre portée.

— Mec, t'as toujours pas compris que c'est toi qu'elle ne supporte plus.

— Tu n'entends pas ce que je te dis. Je sais bien pourquoi elle fuit. Il ne s'agit pas de ça. Ashâ s'est débrouillée pour obtenir les codes dans un unique but : trouver un véhicule. »

Mon esprit s'était finalement éclairé et avait mis en lumière le projet d'Ashâ. Un plan simple auquel je n'avais pourtant pas songé, aveuglé par mes pulsions possessives.

J'ai souri et j'ai demandé à mon frère quelle était la plus grande zone de stockage à proximité de la résidence de l'arsenal. Bien entendu, je connaissais déjà la réponse, mais je voulais l'emmener dans ma joie, cette satisfaction qui jaillit lorsque la stratégie de l'adversaire se dévoile sans que celui-ci s'en aperçoive.

Bien évidemment, Etan a manifesté son agacement. J'ai abrogé ses souffrances intellectuelles et je lui ai désigné la boîte à gant. Il en a sorti une carte de la ville annotée. J'ai patienté quelques secondes pour qu'il repère le lieu et il a souri lui aussi avant de s'exprimer timidement : « Le parking de la grue effondrée. »

La radio souffla une nouvelle fois. « Teddy ? Tu me reçois ? Quels sont les ordres ?

— Envoie le reste de tes gars à l'arsenal. Tu me gardes Roméo au chaud pour plus tard et tu fouilles le secteur, au cas où l'un d'entre eux tenterait de s'y planquer. Je ne veux plus rien laisser au hasard. C'est compris ?

— Oui Teddy. On vous attend ici ?

— Non, nous avons d'autres projets. »

Anticiper, c'est jouer avec un coup d'avance. J'ai redémarré la voiture et j'ai avancé mon pion.

ALEX
ELLE, LUI OU MOI

Le face-à-face sembla éternel. Nous scrutions chacun de nos mouvements en nous demandant lequel d'entre nous abandonnerait le premier. Nous savions tous que seule la reddition offrait la possibilité de demeurer vivants – du moins jusqu'à l'arrivée de la garde et à ce que moi et Roméo fûmes conduits devant Teddy. Après cela, nous n'aurions plus qu'à prier pour que notre bon roi accepte nos excuses (moyennement sincères) et ne décide pas de nous soumettre à l'esclavage ; ou pire, à je ne sais quelle torture tordue à laquelle je préférais éviter de songer.

Notre existence tenait à un fil. Elle pressait la détente et je mourrais, j'appuyais sur la mienne et sa tête explosait, probablement en saignant la gorge de son otage par la même occasion. Je me demandai comment j'en étais arrivé là. Comment le monde était-il passé d'une vie réglée – métro, boulot, dodo – à un mauvais western ? Bien sûr, je connaissais une partie des réponses. J'avais moi-même vécu les différentes étapes qui nous y avaient conduits. Cela dit, je restais surpris de constater à quel point je ne m'y étais pas opposé, à quel point je m'y étais accoutumé et à quel point je trouvais presque normal de menacer une jeune fille qui, autrefois, se serait contentée d'aller à la fac et sortir avec ses copines. Peut-être en vociférant de temps à autre contre ses parents trop comme ci ou pas assez comme ça ; en fumant un joint de temps en temps ou en baisant avec le premier venu juste pour agacer son *ex* jaloux, certainement pas en pointant un flingue sur des inconnus qui souhaitaient uniquement prendre le large.

Aucune option ne me semblait satisfaisante, je devais pourtant me décider. Tout bien considéré, crever ne me faisait pas tellement envie. Sans compter que si elle me ratait, je risquais de finir mes jours avec un bras ou une jambe en moins, ou paralysé, ou défiguré, bref, rien de réjouissant. À présent, Roméo tremblait et pleurait. Il ne gémissait pas. Peut-être ne pensait-il même pas à sa mort. Probablement songeait-il davantage à tout ce qui s'était produit depuis qu'il avait croisé Ashâ ce matin-là, où il se promenait, presque insouciant au côté du regretté Rodolphe. Je ne le jugeais pas, je me serais sans doute comporté de la même manière. On s'imagine toujours en héros, capable d'affronter l'adversité, de se rebeller et se révolter, de mettre de côté sa vie pour sauver celle des autres. Tu parles ! La vérité, c'est qu'on est tous des lâches. Le plus souvent, on laisse notre entourage ou le système statuer et agir à notre place. Ça nous arrange, on est comme ça, on n'y peut rien. On est conçus de cette manière : la survie avant tout ! Alors quand la faucheuse se ramène pour emporter une ou deux âmes arrivées en bout de course, on désigne son voisin et on espère qu'elle le choisira plutôt que nous. La plupart du temps, on subit ce qui se présente. Roméo préférait verser des larmes au lieu de tenter sa chance et je ne faisais pas vraiment grand-chose de plus.

Comme une ultime tentative, je décidai de renouer le dialogue et convaincre mon adversaire que tout ça était inutile : « OK. Et si on repartait à zéro ? Qu'est-ce que t'en dis, hein ? Je vois bien que t'es pas dans ton élément. Est-ce que tu as déjà tué quelqu'un ? T'as vraiment envie de vivre en te souvenant tous les jours que tu as buté deux personnes qui voulaient simplement s'enfuir loin de cette mascarade.

— La ferme !

— Regarde-toi, c'est ça la vie dont tu rêves ? Asservir les gens et les exécuter s'ils n'obéissent pas.

— Ferme ta putain de gueule ! Teddy n'est pas comme ça. On reconstruit quelque chose. Un truc vrai !

— Tu as avoué toi-même qu'il allait te corriger si on filait. Si tu le crains à ce point, c'est parce que tu sais pertinemment qu'il ne se contentera pas d'une petite fessée. »

Son expression changea. J'eus le sentiment d'avoir enfin ébréché ses convictions. La jeune fille n'était pas sereine, sa voix continuait de perdre en assurance et ses gestes étaient peu précis.

« Je suis sûr que tu n'es pas une mauvaise personne. Regarde, Ashâ est partie et tu n'as pas tiré. T'es pas prête à mourir non plus. »

Un déferlement de questionnements intérieurs la submergeait. Je crus une seconde à son abdication, malheureusement elle ne céda pas et passa la lame étincelante le long de la joue de Roméo.

« Ça suffit ! Je veux plus t'entendre jusqu'à ce que les autres arrivent. Encore un mot et je le défigure. »

L'ultimatum modifia brutalement le regard de l'otage. Elle

n'aperçut pas la colère embraser ses yeux ; cette fureur qui était montée en lui depuis l'assassinat de son compagnon. Alors que je me résignais à abandonner et affronter la sentence choisie par mon souverain de pacotille, Roméo enfonça ses dents dans le bras de sa ravisseuse. Sa réaction ne se fit pas attendre, elle hurla et planta le couteau dans l'épaule de son ennemi en espérant stopper net sa rage soudaine. La lame avait pénétré la chair et était ressortie aussitôt. Il cria à son tour. Moi, je serrais mon fusil pointé dans leur direction et tentais de suivre l'action désordonnée. Il m'était évidemment impossible de tirer sans mettre en péril la vie de Roméo ; dans tous les cas, je ne souhaitais blesser personne, cette fille avait à peine vingt ans et même si elle ne nous facilitait pas la situation, elle ne méritait pas de mourir dans de telles conditions.

Roméo pissait le sang, pourtant, il ne renonça pas. L'homme se métamorphosa en bête sauvage et attrapa son adversaire par les cheveux. La surprise força l'assaillante à lâcher l'objet tranchant, mais elle tenait encore fermement son arme à feu ; à tout moment, je risquais de choper une balle perdue. Je restais là comme un con, happé par la scène qui se déroulait devant moi, toujours sans prendre de décision.

Des sacs poubelles pleins les firent trébucher. Ils s'échouèrent à l'unisson, comme si la tignasse de l'une s'était coincée dans la braguette de l'autre et les avait obligés à tomber. Elle s'empressa d'appuyer le canon du pistolet sur le front de Roméo, qu'il balaya d'un revers de main sans songer une seconde que sa vie était en jeu. Il retrouva l'avantage et passa par-dessus elle. Ignorant la douleur et la souffrance, l'homme la frappa au visage puis écrasa ses doigts ensanglantés sur son cou pour l'étouffer.

Je n'eus aucun doute sur le fait qu'il veuille la tuer.

À cet instant, je sus que je pouvais m'approcher. Je me précipitai pour l'aider à la neutraliser et peut-être, avec de la chance éviter le pire. Hélas, dès le premier pas effectué, le son sec du percuteur résonna autour de nous. Roméo s'écroula sur le côté repoussé par la jeune fille qui se redressa pour reprendre son souffle. Elle respirait fortement. J'étais à quelques mètres, je ne pouvais pas rester ainsi, je devais le faire pour Roméo, je devais le faire pour moi, pour Ashâ. Ce *putain* d'univers m'obligeait à agir pour lui et à tirer. Alors je l'ai fait, j'ai pressé la détente.

J'atteignis ma cible, qui tomba net. À mon tour, mes yeux s'embuèrent. Je maudis la vie, je maudis le jour de ma naissance, je maudis tout ce qui m'entourait.

Au bout du compte, je rejoignis les deux victimes. En réalité, aucune des deux n'était morte. Elle avait touché le bras de Roméo ; moi, j'avais écorché nettement son bas ventre. Ils baignaient ensemble dans l'hémoglobine et laissaient échapper de leurs lèvres entrouvertes un souffle fluet, tiède, presque éteint. Leurs regards vides sondaient le fond de leurs pensées prêtes à quitter leurs corps et s'envoler vers le néant.

J'attrapai la tête de Roméo entre mes mains. J'ignore s'il me vit ou s'il aperçut quelqu'un d'autre, cependant, il sourit. Peut-être observait-il le visage sécurisant de son amour défunt, ou celui de sa mère ou de son père, ou celui d'un ange ; en fait, je n'en savais absolument rien. Il saignait abondamment. J'espérais que s'il était pris en charge rapidement, il ne mourrait pas. J'avais toujours noté ça dans les films, un type arrachait son t-shirt pour confectionner un garrot et stopper l'hémorragie. La réalité était très différente. À quel endroit devais-je serrer la chair ? Quelle pression devais-je exercer ? Je n'en avais aucune idée. Dans quelques minutes, possiblement quelques secondes, la garde débarquerait. J'imaginai qu'elle l'emmènerait pour le soigner, ne serait-ce que pour lui soutirer des informations. Je m'accrochai à cette idée plus probable que celle de ces hommes et femmes à l'esprit vengeur qui l'abandonneraient à son sort funeste sans lui porter le moindre secours. Je songeai également qu'ils ne laisseraient pas un membre de leur rang ainsi, qu'ils tenteraient quelque chose, aussi désespérée soit la cause. La lâcheté frappait à nouveau à ma porte. En partant maintenant, je pouvais encore échapper au pire, rejoindre Ashâ et m'enfuir avec elle. J'avais joué les chevaliers servants, prêts à se sacrifier pour la belle ; un jeu qui dura peu de temps.

Je reposai délicatement la tête de Roméo sur le sol. Son sourire ne s'était pas effacé, sa respiration s'était adoucie, il semblait apaisé. Je me relevai et contemplai une dernière fois la scène, essuyai mes larmes et quittai celui que j'aurais dû protéger et celle sur laquelle je n'aurais jamais dû tirer.

ASHA
ÇA Y EST, JE PARS !

Je touche au but ; enfin. J'ai presque du mal à y croire. Je n'ai plus qu'à descendre de ce camion et foncer jusqu'à la grille qui bloque l'accès au parking sous-terrain. Teddy a bouché les autres passages. Une entrée unique, une sortie unique. Je mate une dernière fois les alentours. De toute façon, je n'ai plus le choix, si Teddy et sa garde ont décidé de me tendre un piège, je le saurai vite. Ils peuvent être planqués n'importe où, en train d'attendre que je me pointe. Si c'est le cas, inutile de sortir les codes ; je serai coincée.

Allez ! Je tente le tout pour le tout ! J'ouvre la portière en silence et glisse le long de la carrosserie. Je tombe comme une étoffe chassée par le vent et traverse le chantier. Je suis un nuage de poussière, je suis l'air, je suis la terre. La nuit caresse mon visage, sa pureté infiltre mes sinus, je respire la liberté. J'ai presque envie de fermer les yeux et me laisser guider par mon instinct. Je ne suis plus un corps, je suis le mouvement. J'aimerais courir, avancer, progresser encore et toujours ; ne jamais m'arrêter, être ailleurs chaque nouvelle seconde, ne plus m'enraciner, juste rencontrer le monde.

Ça y est ! J'y suis. Je serre les barreaux de fer froids entre mes mains échauffées par la course. Personne ne m'interpelle, personne ne me menace.

Un boîtier électronique installé deux ou trois mètres en amont verrouille la grille. Je suppose qu'un panneau solaire ou un générateur planqué quelque part l'alimente. Je n'en suis pas sûre, en tout cas, une diode rouge clignote et indique que le machin fonctionne. J'empoigne les tubes métalliques et tire doucement pour vérifier que c'est bien fermé – on ne sait jamais.

Ça bouge un peu. Il y a du jeu, mais ça ne s'ouvre pas.

J'attrape le morceau de papier avec les codes et le déplie. Je préfère ne pas allumer ma torche, du coup je distingue assez mal ce qui y est inscrit. En réalité, je le connais par cœur, je l'ai lu et relu des dizaines – peut-être des centaines – de fois depuis que je l'ai en ma possession. Pourtant je veux le revoir, me rassurer. J'ignore ce qui se produira si je me trompe ou si la combinaison est erronée. Évidemment, j'ai posé la question à Nathan. Il n'en savait rien : « J'ai pas envie d'essayer. Si le bazar résonne dans tout le quartier, je passerai pour une grosse baltringue qui n'est pas foutue de taper un code correctement.

— Tous les codes sont électroniques ?

— Non, bien sûr que non. Seulement les plus sensibles. Enfin, je suppose… »

Quoi qu'il arrive, je n'ai plus le choix. En plus, ce tocard écrivait tellement mal, que je risque à coup sûr de me planter. Il aurait au moins pu prendre la peine de tout copier proprement.

Allez ! C'est parti !

J'inspire, ferme les yeux et me remémore chaque chiffre.

« Un. Trois. Quatre. Neuf. »

Je stresse. Mon cerveau s'embrouille, le sens des signes

se dissipe ; je ne sais plus. « Un, trois, quatre, neuf, un, trois, quatre, neuf… » C'est quoi déjà la suite ? *Respire Ashâ. Respire. Fais pas la connasse, tu joues ta vie.* « Six. Huit. Neuf. A. Sept. D. » *C'est bon ! C'est ça !*

Putain ! Pourquoi ça ne marche pas ? C'est une blague. Ce con ne savait pas écrire ou c'est moi qui suis incapable de lire ? Ou… non. J'espère que ce débile ne s'est pas trompé. C'est pas son secteur, Nathan n'était pas censé entrer ici. Il n'a vraisemblablement jamais vérifié. En tout cas, je suis fixée sur un détail : aucune alarme n'explose mes tympans. Mes oreilles sont intactes et ma vie aussi. Pour l'instant. Malheureusement, si l'appareil est relié à un dispositif de surveillance, la garde débarquera très vite.

OK. Le mieux c'est de m'assurer que je n'ai pas appris par cœur la mauvaise combinaison. Je reprends les bases et observe attentivement la liste. *Fais chier !* J'ai beau coller mes yeux sur ce foutu papelard, je n'y vois rien. Tant pis, je n'ai pas le choix, je sors ma lampe. Je suis en contrebas, si je me plaque contre le mur la lumière sera atténuée.

Zut ! Le sort s'acharne, cette saloperie est déchargée ! Quelques tours de manivelle devraient suffire. J'espère ne pas faire trop de bruit.

J'y vais mollo. Un tour, deux tours, trois tours. Je tourne le truc une quinzaine de fois. En douceur, pour ne pas réveiller le voisinage.

Clic ! Ça marche ! C'est mieux !

Je repasse en revue la combinaison : « Un. Trois. Quatre. Neuf. Six. Huit. Neuf. A. Sept. D. » Je ne comprends pas. « Un. Trois. Quatre. Neuf. Six. Huit. Neuf. A. Sept. D. »

Putain ! Qu'est-ce qui ne va pas ? C'est pas possible. Merde ! Je relis encore une fois.

C'est bon ! C'est pas un trois, c'est un cinq ! J'en suis certaine. Du moins, je l'espère.

C'est reparti ! J'éteins la lumière et j'y retourne : « Un. Cinq. Quatre. Neuf. Six. Huit. Neuf. A. Sept. D. »

Vert ! Ouvert ! Le mécanisme couine un peu, la grille s'élève en silence. J'ai presque envie de chialer, mais ça n'est pas franchement le moment. Je m'apprête à entrer, me précipiter vers cette obscurité épaisse et impalpable. Pourtant, je m'arrête et jette un œil en arrière. Et si Roméo et Alex s'en étaient sortis. Ils sont peut-être derrière moi, juste à quelques mètres, et espèrent me rejoindre. S'ils débarquent et se retrouvent en face de cette barrière verrouillée, ils sont foutus.

Je réfléchis, je dois leur offrir un espoir.

Je décide de coincer la liste des codes comme je peux, entre le boîtier et son support. Elle n'est pas hyper visible, cela dit si on cherche un chouia, il y a moyen de l'apercevoir. Je sais que c'est un risque, parce que j'annonce mon passage, mais je veux croire qu'ils sont vivants et me suivent de près. Avec de la chance, ils seront bientôt là.

J'entre. La grille reprend sa position. Je disparais et me fonds dans l'obscurité.

À l'intérieur, c'est le noir total. J'ai l'impression de m'enfoncer dans un trou dont je ne pourrai jamais sortir. Mes yeux s'acclimateront un minimum, malgré tout si j'espère avancer et trouver quelque chose, je dois utiliser ma torche.

L'appareil est faiblard. J'envoie quelques tours de manivelle supplémentaires pour tenter de l'animer davantage. Le truc révèle à peine les deux ou trois mètres en face de moi.

Je balaie les alentours. Il n'y a pas grand-chose, à part du béton et de la poussière. J'aperçois parfois du vieux matos de chantier. Des casques, des pelles, des balais… Pas de cadavre, c'est déjà ça. À l'époque de l'accident, tous les blessés ont été évacués. Mes pas sont prudents, des éboulis jonchent le sol. Quand la grue est tombée, une partie du plafond s'est effondrée. Pourvu que je ne chope pas un morceau de ciment sur la tronche, ou que je ne me torde pas une cheville. Quoi qu'il en soit, il n'y a pas une bagnole à l'horizon. Je reste positive, je suis au niveau zéro, il y en a quatre à explorer. Teddy n'est pas bête, il les planque certainement plus bas.

Je décide d'emprunter la rampe d'accès réservée aux véhicules. J'avance prudemment.

L'étage inférieur ressemble au précédent. *Rien. Rien du tout !* Cet endroit n'a jamais été mis en service. Pas de centre commercial, pas de parking. Pourtant, je continue d'espérer. Je suis sûre de moi. « N » nourriture ; « A » armes ; « M » matos ; « V » véhicules. J'ignore combien de voitures sont cachées ici, en tout cas, je suis certaine à cent pour cent que j'en trouverai au moins une ; une pour m'enfuir et tracer ma route définitivement.

En dessous, la scène se répète. Toujours rien. Ma lampe n'arrête pas de s'éteindre, son éclat vacille irrémédiablement. J'ai beau réalimenter la dynamo souvent, je n'obtiens la plupart du temps que quelques secondes de lumière. Du coup, je progresse de plus en plus lentement et prends un peu plus le risque d'être rattrapée. Je ne peux pas imaginer avoir fait tout ça pour rien. Il est temps que ça cesse. *Je veux vivre libre ! Putain ! Libre !*

J'ai la chair de poule. N'importe qui pourrait me tomber dessus. Heureusement, je n'entends rien. Uniquement le son de mes semelles qui s'écrasent sur le sol et mes affaires empilées dans mon sac, qui frappent le bas de mon dos chaque fois que je pivote pour jeter un œil autour de moi.

Cette fois, c'est le dernier virage. Ma lampe est en train de rendre l'âme, bientôt, je ne verrai plus rien du tout. Je me guide grâce à la paroi en marchant très lentement pour éviter de me ramasser.

« Aïe ! » Ma jambe s'est cognée contre un truc. Trois parpaings entassés à la va-vite. Je frotte ma peau abîmée pour atténuer la douleur. Je saigne un peu, ça me fait un mal de chien. Je continue, même si je dois sortir de cette ville en rampant.

Mon pied foule le dernier sous-sol. J'ignore si une voiture s'y trouve, car je n'aperçois absolument rien. Je tente une nouvelle fois d'activer la dynamo. La lumière jaillit, puis s'éteint. Je suis presque certaine d'avoir remarqué une forme au milieu de cet immense désert de béton brut. Une. Rien qu'une. Pas besoin de plus. Une bagnole suffit, tant qu'elle démarre et m'emporte loin d'ici.

Je retente d'allumer la lampe, malheureusement, je n'en tire pas grand-chose. L'ampoule est à peine plus vive qu'une flamme de briquet en fin de vie. Alors, je chemine dans cette noirceur opaque qui finira par m'absorber et me retenir prisonnière jusqu'à la fin de mes jours si je ne m'efforce pas d'atteindre mon but.

Je n'ai pas aperçu d'obstacle. Du coup, j'avance les bras tendus vers l'avant ; prête à rencontrer cette masse plus sombre que la nuit, qui – je l'espère – dispose de quatre roues et une batterie chargée à bloc.

Mon cœur tambourine ma poitrine. Je n'entends plus que lui. J'ai les larmes aux yeux. J'ignore si j'ai conservé ma trajectoire ou si je vais simplement me fracasser comme une conne contre un mur. Si c'est ça, je suis bonne pour déambuler des heures à la recherche de quelque chose qui n'existe peut-être même pas. On croirait un esprit condamné à errer, aveugle, dans les ténèbres. *Voilà mon supplice !* Je voulais être libre, je suis plus prisonnière que jamais. L'espace n'est plus. Les distances et le temps se sont évanouis, broyés par mes perceptions affaiblies.

C'est sans doute une impression, j'ai la sensation d'avoir parcouru des dizaines de mètres sans rien rencontrer ; comme si les parois s'étaient éloignées les unes des autres, au fur et à mesure de ma progression. Je dois absolument réussir à réactiver cette lampe ou je terminerai folle avant de mourir de faim et de soif.

Je saisis l'objet, déterminée à lui offrir toute l'énergie dont je dispose. Je l'empoigne et serre la manivelle de toutes mes forces, puis commence à tourner. Doucement dans un premier temps, avant d'accélérer, encore, encore, plus vite. Toujours plus vite.

Vas-y, Ashâ ! Vas-y, putain ! Donne tout !

Mon bras s'échauffe. Je prie pour que tout s'éclaire. J'appuie. *Ça marche !* J'ignore pour combien de temps, en tout cas je vois un peu plus loin, la pièce se reforme dans mon esprit.

La forme aperçue plus tôt n'est plus en face de moi. Je me doutais que j'avais dévié. Je pivote et observe les alentours très rapidement. *Elle est là ! Je ne me suis pas trompée ! C'est une voiture ! « V » véhicules ! Tu déchires Ashâ !* Je n'ai plus qu'à m'assurer qu'elle est ouverte et qu'elle démarre.

Je recommence à courir. Elle est tout près. Je m'apprête à la toucher quand la lumière vacille et s'éteint une fois de plus. Ce n'est rien. *J'y suis !*

J'ai à peine eu le temps de voir son état global. L'engin est poussiéreux et cabossé. Sûrement entreposée depuis longtemps. Tant que le moteur fonctionne et qu'il m'emmène loin de cette ville. Je préfère d'ailleurs ne pas être trop remarquée. Déjà que les véhicules sont rares, si en plus, celui-ci est flambant neuf, tous les regards seront braqués sur moi.

Je caresse la carrosserie pour dénicher la poignée. C'est une grosse voiture. *Le bol !* Tu m'étonnes que Teddy la planque ici. Certainement pour se barrer *rapidos* en cas de problème. Avec de la chance, il y a rangé des armes et des vivres.

Ça y est ! Je l'ai captée. J'inspire un grand coup et je tire.

Ça s'ouvre ! Ça s'ouvre ! J'enfouis mon visage dans mes deux mains et je chiale. Je suis tellement contente ! Je repense à cette vie, à toutes les étapes de merde par lesquelles je suis passée, à ce que j'ai fait, à ce que je n'aurais pas dû faire, à ce qu'on est toutes prêtes à faire pour sauver nos fesses, à ce qui ne devrait jamais arriver.

J'entre. Je ne vois rien. Je sens immédiatement l'odeur du cuir, mais pas uniquement, un parfum de sueur tiède me chatouille les narines. Je suis presque aveugle depuis plusieurs minutes, mes sens se sont décuplés. Je respire sans doute la puanteur de son ancien propriétaire. Idem pour les vapeurs d'alcool qui se dégagent.

J'inspecte l'engin à tâtons. Contrairement à l'extérieur, tout semble neuf. Les sièges sont lisses et doux, aucune craquelure, aucune griffure. Je cherche le vide-poche en espérant que la clé est à l'intérieur. Mes doigts effleurent un écran large. Je glisse vers le bas. Ma main plonge dans le vide et tombe sur un objet plat. *C'est elle !* Je n'arrive pas à y croire, enfin la chance me sourit. En même temps, elle me doit bien ça.

Je n'ai plus qu'à trouver comment mettre en route le moteur. Soudain, je me rends compte que je n'ai jamais conduit. Teddy m'en a déjà parlé, il adorait me raconter l'histoire des voitures. Les différents modèles, les types de motorisation… le genre de trucs bien gonflant pour une meuf qui est à peu près sûre de ne jamais toucher un volant de sa vie. J'ai au moins retenu une chose, les véhicules électriques ne possèdent pas de boîte de vitesse. T'appuies sur la pédale et : roule ma poule !

Je dirige mes doigts vers le tableau de bord et commence à presser tous les boutons ; l'un d'entre eux sert forcément à démarrer. D'un seul coup, tout s'éclaire. Les diodes s'allument, l'écran affiche le logo de la marque. J'ai l'impression d'avoir mis en route un vaisseau spatial qui s'apprête à me conduire loin d'ici, loin de tout. *Navré Alex, désolé Roméo, je pars.*

TEDDY
FAUX-SEMBLANT

« Assieds-toi, Nathan.

— Merci Teddy.

— La vue t'impressionne ?

— Ouais ! Grave ! Je n'avais jamais imaginé la ville comme ça. Putain ! C'est ouf ! On peut quasi tout mater à trois cent soixante.

— Un roi doit pouvoir veiller sur ses sujets en permanence, non ?

— Ouais, c'est clair !

— Etan m'a parlé de toi. Il m'a expliqué que tu étais quelqu'un de confiance. »

Nathan était motivé. Il s'était illustré à plusieurs reprises. Ça n'était pas le plus malin ni le plus droit, mais nous avions besoin de personnes comme lui pour prendre en charge les tâches moins reluisantes, celles qu'on évitait de montrer au grand jour.

Je lui tournais le dos, les yeux plongés au-delà des portes de ma cité. Je me suis adressé à lui sur un ton solennel :

« Je vais te remettre quelque chose. »

Nathan connaissait la nature de ce que j'allais lui confier, sa gestuelle trahissait son impatience ; son talon gauche frappait nerveusement le tapis étendu sous mon bureau et la chaise qui lui faisait face. J'avais l'impression de tendre un morceau de viande à un chien bien dressé. J'ai posé la liste devant lui ; une simple feuille de papier noircie de lieux et de suites de caractères inscrits sans logique apparente. Certains chiffres prêtaient volontairement à confusion ; bien entendu, uniquement associés à des endroits qui ne le concernaient pas.

Il a levé la tête et m'a regardé en souriant. Sa gratitude était authentique.

« Tu es désormais lieutenant du royaume, félicitations ! »

Nathan m'a remercié sans oser me regarder. J'imagine qu'on ne l'avait pas souvent récompensé.

« Cette liste t'appartient, personne d'autre ne doit y avoir accès, c'est clair pour toi ?

— Oui, Teddy.

— Est-ce que tu sais pourquoi ?

— Parce que tout ce que vous possédez s'y trouve ?

— Tout ce que possède LE royaume. Toi, moi et tous les gens qui vivent ici sommes là pour bâtir un monde nouveau. Nous devons protéger nos concitoyens des incivilités et de la barbarie, tu saisis ?

— Oui, Teddy.

— Plus nous remettrons d'ordre dans cette société à la dérive, plus nous la ferons progresser.

— Oui, je comprends.

— Avec ces codes, tu peux entrer et sortir de la ville comme bon te semble, accéder à des stocks de nourriture et d'armement… Tout ce qui y est entreposé est à ta disposition, mais également, sous ta responsabilité.

— Ça fait un paquet de trucs ! Je vous promets d'être à la hauteur.

— Etan t'a expliqué les règles ?

— Oui, Teddy.

— Garde-les bien en tête. Les lieux entourés sont à charge, tu y pénètres à ta guise et tu y prends ce que tu veux, quand tu en as besoin. Je te fais confiance. Concernant les autres endroits, tu ne t'y engages que sur ordre d'Etan, Malek ou moi. C'est compris ?

— Oui. Bien sûr, Teddy.

— Inutile de te rappeler ce qui est arrivé à Naël ?

— Non…

— Tout est clair pour toi ?

— Euh… Oui… J'ai juste une question.

— Je t'écoute.

— "N", c'est nourriture ; "A", armes.

— "M"… matos ?

— Matériel. Les mots ont leur importance, souviens t'en.

— Et "V" ? C'est voiture ? D'autres bagnoles sont planquées ? Je croyais que tu les gardais toutes dans le parking de la tour. Pourquoi il n'est pas sur la liste d'ailleurs ?

— Est-ce qu'un "V" est inscrit à côté des lieux auxquels tu as accès ?

— Non…

— Etan t'attend. »

La vie m'a appris qu'on ne pouvait faire confiance à personne. C'est comme ça, la trahison est intrinsèque à la nature de l'être humain. On ne peut pas lui en vouloir, c'est un simple réflexe de défense. Les gens mentent sans arrêt. Le plus souvent pour se protéger, parfois soi-disant pour préserver quelqu'un en particulier. Un parent, un enfant, un frère, un ami, un mari, une femme… peu importe ! Dans ces deux derniers cas, c'est plus un prétexte qu'une motivation authentique. Tout le monde dissimule la vérité de peur de voir son petit univers s'effondrer. Faire confiance, c'est baisser sa garde ; afficher sa naïveté. Nous sommes tous candides au début, puis les tartes dans la gueule finissent par nous faire comprendre. J'en ai encaissé pas mal, mais j'ai vite réagi. Malheureusement, nos pires travers reviennent rapidement au galop. C'est pour cette raison, que j'ai décidé de vivre ici ; seul, parfois entouré des chiens qui acceptent de faire un bout de chemin avec moi. J'ai rompu le lien social, il y a bien longtemps. Certes, contraint et forcé, pourtant à présent, j'ai la certitude que c'est ce qui me correspond le mieux. Désormais, mes choix n'impliquent que moi et c'est aussi bien comme ça.

Je ne regrette pas d'avoir confié la liste à Nathan – pas plus qu'aux autres lieutenants. En réalité, les sécurités que j'avais mises en place fonctionnaient parfaitement. J'affirme encore aujourd'hui qu'au départ tout s'est passé comme prévu. Bien sûr, j'aurais préféré que toute cette histoire se déroule différemment et que cet imbécile ne me trahisse pas – ça m'aurait évité bien des déboires –, toutefois j'avais suffisamment verrouillé le système pour que même en possession des codes, Ashâ ne me quitte jamais.

J'ignorais combien de temps nous aurions à attendre, elle disposait d'un peu d'avance sur nous, mais progressait à pied. J'avais réagi vite et le parking de la grue effondrée n'était pas loin de nous au moment où Vince nous avait avertis et expliqué l'avoir perdue de vue.

J'ai patienté dans ma voiture, assis aux côtés d'Etan durant plusieurs minutes. Le moteur était coupé, toutes les lumières étaient éteintes, le véhicule évanoui dans le noir. Mon frère était à une trentaine de centimètres de moi, pourtant je n'en distinguais pas une forme. Je percevais uniquement sa respiration et ses mouvements secs, lorsqu'il s'agaçait de la position dans laquelle il se trouvait depuis trop longtemps à son goût ; quelques secondes tout au plus. Il soufflait et gesticulait. Etan était incapable de rester en place, pas seulement à cause de l'alcool, aussi parce qu'il était de nature agité. Étrangement, la perte de tous les repères spatiaux entraîne immédiatement celle des repères temporels. Quand l'espace disparaît, le temps s'étire vers l'éternité.

Finalement, ce que j'avais prévu est arrivé. L'habitacle s'est éclairé comme un flash un jour d'orage. J'ai posé ma main sur la cuisse de mon frère. Un geste muet pour lui demander d'observer un silence religieux. Il s'est immobilisé et s'est tu.

Nous avons regardé tous les deux le minuscule point lumineux s'approcher de nous et s'éloigner avant de se volatiliser ; comme une luciole virevoltante qui se serait égarée en chemin. Impossible de savoir exactement ce qui se passait. Évidemment, nous aurions pu sortir, mais j'avais insisté auprès d'Etan pour que nous n'intervenions pas. J'avais besoin de sentir que je maîtrisais le jeu, jusqu'au bout, dans les moindres détails.

Un nouvel éclair a traversé les vitres teintées de la voiture. Quelques secondes plus tard, le cliquetis a retenti, la porte s'est ouverte. Nous n'avons toujours pas bougé. J'ai pressé très fort la jambe de mon frère pour qu'il ne dise rien. Ashâ n'est pas entrée tout de suite. Je l'ai d'abord entendue renifler puis elle a complètement craqué. Là encore, j'ai attendu. Je voulais me délecter de cet instant, éprouver ma toute-puissance.

Soudain, le tableau de bord s'est éclairé. Elle était là, devant moi, les mains serrées sur le volant. Elle a levé la tête et nos regards se sont croisés dans le miroir du rétroviseur central. J'ai immédiatement constaté la détresse et le désespoir dans ses yeux noirs. J'ai vu à quel point, à cet instant précis, Ashâ aurait préféré être morte plutôt qu'à mes côtés.

« Je t'admire, tu sais Ashâ. Ton courage, ta ténacité. Tu ne lâches jamais rien. Je suis presque certain qu'en ce moment, tu te demandes comment tu vas pouvoir t'échapper. C'est dans ton caractère, tu fonces avant tout. Toutefois, je dois bien l'avouer, tu as cette fois fait preuve de davantage de patience et d'ingéniosité. » Ashâ ne pleurait pas, elle se contentait de me fixer, habitée par la haine. J'ai continué : « Tu aurais pu être ma reine. J'aurais pu arrêter de voir d'autres filles pour toi. En tout cas, j'aurais pu essayer. Peut-être même que j'aurais pu te laisser aller et venir à ta guise. Je t'aime sincèrement Ashâ, malgré tout ce que tu penses à mon sujet. Malheureusement, tu as conscience que je ne peux pas te permettre de faire tout ce que tu veux, comment pourrais-je justifier ça auprès de mon peuple ? Si j'accepte que tu défies mon autorité, tu sais aussi bien que moi comment tout ça va se terminer : plus personne ne me respectera ; et encore moins, les dispositifs que j'ai mis tant de temps à installer. Je demande à chacun d'observer mes règles dans un unique but : construire une autre vie, plus équitable, loin de toute la merde que les connards du monde d'avant ont servi à leurs semblables durant des décennies. Les gens y consentent, ils ont besoin de ça. Quelqu'un qui les guide tout en partageant certaines de leurs valeurs fondamentales, quitte à laisser un peu de leur liberté sur le côté. Mon projet est noble et tu le sais. Je ne leur mens pas, ces personnes me suivent sciemment. Elles tolèrent que certains détails leur échappent et préfèrent parfois ne pas en savoir trop. Ceux qui empruntent la voie royale ne risquent rien, en revanche, en ce qui concerne ceux qui en dévient, l'histoire peut être très différente. Peut-être qu'avec un peu de recul les choses te seraient apparues plus clairement. J'imagine que tu as remarqué que les mots "voiture" et "véhicule" commencent tous les deux par un "V". C'est le cas de "vélo" aussi d'ailleurs. En fait, c'est la première lettre de nombreux mots : violence, vice, vengeance… une liste interminable. Ce qui me chagrine le plus, c'est que tu n'aies jamais pris plus le temps de réfléchir. Ça n'est pourtant pas faute de te l'avoir enseigné. Combien de fois t'ai-je parlé de tactique et de stratégie ? Mais non, il n'y a rien à faire, tu fonces toujours tête baissée. C'est dommage. Surtout pour toi, car derrière cette lettre se cache surtout un terme que tu as sans doute préféré ignorer : "vide" ».

TO BE CONTINUED

(à suivre)

TABLE

REMERCIEMENTS

« Il était une fois après l'effondrement » est l'aboutissement d'un projet débuté sur internet. Une série publiée au fil de l'eau sous la forme de posts Instagram (@createurdhistoires), intitulée « Tobecontinued » en référence aux nombreux programmes américains qui ont bercé mon enfance et mon adolescence. Porté par des commentaires encourageants et l'envie de créer une œuvre littéraire à part entière, j'ai décidé d'arrêter la publication en ligne. Ainsi je me suis appliqué à écrire ce premier tome, que j'ai nommé « Le loup, la tigresse et le boiteux ». Certains y verront une référence non dissimulée à l'un de mes réalisateurs favoris : Sergio Leone, d'autres y remarqueront plus une allusion au conte. Il en va de même pour le titre de la série « Il était une fois après l'effondrement ».

J'ignore si un effondrement de notre société aura lieu, cependant, comme toutes les histoires que j'imagine, celle-ci explore simplement un futur possible. Cet ouvrage conte surtout le récit de personnages confrontés aux aléas de la vie, dans un monde où le quotidien que nous connaissons aujourd'hui n'est plus.

J'espère que vous aurez eu autant de plaisir à le lire que j'en ai eu à l'écrire. Si c'est le cas, je vous invite à laisser un commentaire m'encourageant à créer très rapidement la suite.

Merci infiniment pour le temps que vous avez accordé à cette histoire et pour votre soutien.

MICKAËL FEUILLET

Je vous propose de partager mon univers à travers mon site internet, où vous trouverez mes microfictions, mon actualité et mes projets. Suivez-moi également sur les réseaux sociaux, je serai ravi d'y échanger avec vous.

À très vite, je l'espère.

www.createurdhistoires.fr

–

www.facebook.com/createurdhistoires/

–

www.linkedin.com/in/mickael-feuillet/

–

www.instagram.com/createurdhistoires

–

https://twitter.com/creatrdhistoir

–

N'hésitez pas à m'écrire :
mfeuillet@createurdhistoires.fr

Découvrez aussi mon premier roman d'anticipation :
Une vie sans troubles - Créateur d'histoires - 2019